晴

Alone on the Road | 一稚 著

当代世界出版社
THE CONTEMPORARY WORLD PRESS

图书在版编目（CIP）数据

晴 / 一稚著. —北京：当代世界出版社，2016.9
ISBN 978-7-5090-1132-4

Ⅰ. ①晴… Ⅱ. ①一… Ⅲ. ①长篇小说—中国—当代
Ⅳ. ①I247.5

中国版本图书馆CIP数据核字（2016）第206304号

书　　名：	晴
出版发行：	当代世界出版社
地　　址：	北京市复兴路4号（100860）
网　　址：	http://www.worldpress.org.cn
编务电话：	（010）83908456
发行电话：	（010）83908409
	（010）83908455
	（010）83908377
	（010）83908423（邮购）
	（010）83908410（传真）
经　　销：	全国新华书店
印　　刷：	北京天宇万达印刷有限公司
开　　本：	880毫米×1230毫米　1/32
印　　张：	7.5
字　　数：	160千字
版　　次：	2016年10月第1版
印　　次：	2016年10月第1次
书　　号：	ISBN 978-7-5090-1132-4
定　　价：	32.00元

如发现印装质量问题，请与承印厂联系调换。
版权所有，翻印必究；未经许可，不得转载！

谨以此书献给每一位坚强的姑娘

目录

引子	1
遇	3
恋	99
缘	147
尾声	227

引子

八月，重庆。

火辣辣的日头烘烤着早已滚烫的地面，烧化了云彩，撕碎了风。天地间稠乎乎的空气，赫赫炎炎，在这盆地上空扭曲着人世间一切热烈焦灼的欲望，蠢蠢欲动。

钢筋水泥的森林，熙熙攘攘，唯独这郊僻巷子，空空荡荡。除了辛晴和劫匪，再没人知道这里正发生着什么。

劫匪看似和辛晴一般大的年纪，上半身赤裸，汗如雨下，手里紧握一个米黄色女士双肩包。

辛晴汗流浃背，气喘吁吁。

"你把……把拨片还给我……其他东西我都不要！"

劫匪不说话，只是直勾勾地盯着辛晴被晒红的脸。

"我只要那个拨片……三角形的、弹吉他用的拨片！"辛晴担心他没听懂，"那东西不值钱，但对我来说意义特殊！你把拨片拿出来给我，包里的钱和其他东西全都归你！"

劫匪依旧不语，目光开始向下移动。

"求你了！"辛晴着急要回旧物，丝毫没有意识到劫匪突然变得肮脏的目光。

他看向她白净的脖子，看向她随着呼吸一沉一浮的胸脯，被汗浸透的白色衬衣，暴露着弹性和曲线。他咽口唾液，喉结做起可耻的运动。

辛晴心里一惊。

劫匪一把将背包扔在身后，辛晴转身欲逃。还未跑出两步，便突然被一双强有力的手从背后死死抱住。

辛晴挣扎着、喊叫着，却被劫匪捂住了口鼻。她惊恐地瞪大眼睛，望着巷口，渴望看到人影、听到脚步声。

身后被紧紧顶住。

在绝望与恐惧中，颤抖的身体突然变得瘫软，她再也做不出任何反抗……

一

京城的初冬，天高云淡。

正是最易感知温暖却又不会被笨重的大衣裹得难以呼吸的时节。雾霾被风吹散了的沁蓝天空，浸染着午后阳光柔和的颜色。这，是辛晴来到这座城市的第四天。

没有地图便没有约束。有的只是一台单反相机，陪伴自己走过一座又一座城市。大学毕业后不停奔波的一年多时光，倒是没能给辛晴带来多少沧桑——看多了冷暖辛酸的双目依然澄澈，从不掺假的笑容仍旧真诚，就连自己最不善于隐藏的喜怒哀乐，也还是会随着每时每刻的心情变化赤裸裸地暴露在脸上。

面对此时眼前这条街，辛晴目光里分明写着一丝期待。

自己走过的每一座城市，似乎都会有些烟火气息浓厚的街道，在以一种已落入俗套的方式诠释着什么是接地气的同时，也会在某个不起眼的角落释放出与众不同的一面。这一面，总是静静地待在那里，不急不躁，静候有缘人。

一切美好事物，都值得被记录。

路牌锈迹斑驳，颇有段历史的模样。辛晴大步向前走去。沿途一步一景，一如其他所有接地气的街道。

很多时候，只是偶然一瞥，内心最柔软的地方便被轻轻触动。当她的目光锁在路边一面绘了卡通鼹鼠的绿色旗子上时，手中相机竟似感受到这不经意间的触动一般，镜头上扬，将这一瞬收进回忆的画卷中。

她带着些许好奇走近鼹鼠旗。

鼹书。

木牌记下了时光的痕迹,也承载着这两个轻描淡写的文字,连同那只捧书阅读的小鼹鼠一起,安静地悬挂在落地窗一角。

窗前,几株盆栽摆放整齐,携着不败的绿意,迎向初冬略带微寒的阳光。一块镶了木框的黑板立在木地板上,绘着一只小鼹鼠。这小家伙手捧暖暖的咖啡,笑眯眯凝望着辛晴。粉笔书写的"今日供应",向来往行人讲述着窗内世界的一面,朴实自然、清新雅致。

"又是隐藏在不起眼角落中的美好。"辛晴审视着相机屏上的画面,正琢磨通过减小曝光补偿来改善第一张照片细节缺失的问题,却忽地发现,画面里,木框装饰的落地窗后,有一个身影。

辛晴抬起头,走近一步,微微眯起双眼,望向落地窗后的空间。

原木方桌边,坐着一位男子,身着灰呢大衣,看似二十七八岁的年纪。背头干净利落,一条黑色围巾随意搭在肩上。棱角分明的脸庞,冷峻中藏着一股让人难以言喻的温暖。鼻梁俊俏笔挺、透着些许傲骨,下颌虽尖却线条柔和,毫不犀利。男子面前,放着一杯咖啡和一本摊开的书。他闭着双眼,好像在轻嗅咖啡袅袅而升的香气,又似乎是在思考着什么——辛晴所目及的一切,沉稳而安静,一如此刻午后平和的气氛。

相机再次被举起。

只是这一次,镜头里的主角变成了落地窗后的那个身影。

二

朋友们都称他为"大叔"。这并非是由于"三"字打头的年纪——实际上,刚刚而立的他,眉眼中不经意间露出的笑仍带着些许稚嫩。

大叔曾用五年洋洋洒洒的青春,与曾是自己生命里最为重要的人一起,跑遍了世界上每一个角落。曾经——一个所有人都能轻而易举说出口的词语,如今在大叔心里,却始终是解不开的情结。

曾经在周庄双桥上送出的那朵玫瑰,曾经在圣淘沙岛伴着涛声相拥入眠的夜晚,曾经在蓝山桉树林里互相模仿考拉时没心没肺的大笑,曾经在里约热内卢狂欢节上十指紧扣学跳的桑巴……

一切皆已沦为曾经。

如今,大叔遗失了四处奔波的勇气,怀着一颗渴望安定的心,在这座城市里经营着一家工作室。每个周五,大叔都会独自来到这家不起眼的旧书店,待在角落里,或捧起虽陈旧却被精心修护过的旧书阅读,或对着店主人端来的暖心咖啡发呆,一坐,便是整个下午。

鼹书。

大叔爱极了这个名字。他常常将自己自嘲为一只活在回忆中的鼹鼠,在记忆的土壤里一遍遍挖掘着曾经的故事。一年前,一次偶然邂逅,大叔发现了这个充满回忆味道的旧书店。他相信缘分,也最擅长用细腻心思感受每一件旧物背后的故事。于是,大叔爱上了这坐落在嘈杂街边的平和世界。

正值初冬时节,依旧是一个普普通通的周五,大叔坐在木框装饰的落地窗旁，捧着一本旧诗集安静阅读。手边咖啡袅袅而升的香气，混着旧书独有的味道，舞在午后柔和的阳光中，氤氲出一种似曾相识却又触不可及的美好，正如记忆里那张面庞，熟悉却遥远。

诗，最适合用来回忆。

大叔轻轻闭上双眼，思绪回到两年前的初冬。同是一个周五温暖的午后，同是在这样一条生活气息浓厚的街上，大叔眼睁睁地看着自己送出的玫瑰，被毫无情面地抛弃在路边落叶堆里。

"又是一年，初冬来了。"大叔深深叹口气，睁开眼，望向窗外。

一台相机，正对着自己。

大叔扭过头的一瞬，辛晴按下了快门。

"哎呀！"如同一个做了坏事被老师抓到的小孩子一般，辛晴慌忙把相机从眼前拿开，满脸尴尬。

大叔望着窗外这陌生的姑娘。黑色毛呢贝雷帽，深酒红毛呢大衣，脚蹬一双马丁靴。姑娘瘦瘦小小，被包裹得严严实实，只望去一眼便觉得温暖。脸庞小巧精致，一双大眼睛无比澄澈。这对深潭里，盛满一尘不染的目光。

又看看她手中的相机，大叔突然明白了什么，大度一笑。他冲姑娘招招手，示意没关系。辛晴一时慌乱，竟忘记"礼貌"二字，迅速跑离大叔视线。大叔迷茫，以为自己吓到了她。

目光虽已重回手中的诗集，可思绪却依然徘徊在窗外。不知为何，在这个捧着沉重大单反偷拍自己的姑娘慌乱逃跑的一刻，那瘦小却灵动的身影竟深深留在他的脑海中。或许，是姑娘手中的相机触动了他记忆深处最为敏感的按钮。

明天,她还会路过这里吗?

这手足无措的"逃跑"意味着什么?辛晴自己也毫无主意,只是离开旧书店后,便再无继续探寻未知街道的心情。回旅社的路上,脑海中全是落地窗后那静心于阅读与沉思的身影。

"他一定是个有故事的人。"辛晴相信第六感。

她喜欢与有故事的人打交道。

回到旅社,辛晴取消了第二天的行程。当周六清晨第一缕阳光照进屋内,她立刻爬起,将行李箱里全部衣服一股脑倒在床上,站在镜子前,一件一件换好,直到找到最令自己满意的搭配——这挑剔的程度,可与她平时起床后身边有什么就穿什么的风格大不一样。

一切收拾妥当,辛晴拿起相机,出了门。

依旧是天高云淡的一天,空气沁凉一如昨日。毫不费力地找到那家不止一次出现在昨夜梦中的旧书店,辛晴深呼吸,推门走了进去。

"您好!"一位优雅的女生迎上来。除此之外,别无他人。

她来得太早了。

在落地窗旁坐下,辛晴终于能够细细打量这家小小的店铺。店内每一个木制书架上,都摆满了被精心打理过的旧书;墙上一幅幅装裱精致的画作、墙角那张草绿色皮制沙发,还有架子上各种稀奇古怪的小物件,无不诉说着矍书最大的特色。时光的痕迹,在这不足二十平米的空间里、在屋内每一件朴旧家具上,被完美地保存下来，只等有缘人到来。

很快，店主端来一杯亲手熬制的奶茶。

"昨天下午有一位坐在这个位置的先生，我想问一下他看的是什么书。"辛晴接过奶茶，问道。

"您是说大叔吗？"

"他叫大叔？"

"对啊，店里的老朋友了。"店主笑道，"每周五都会在这个位置坐上整个下午。偶尔也会拿来一些自己环游世界时淘到的旧物，摆在店里。昨天他读的是仓央嘉措的诗集。您稍等。"

店主从一旁木制书架上取出书来递给辛晴，继而回到柜台后继续用酒精小心翼翼地擦拭一本新入店的旧书。辛晴捧着这本虽略显陈旧却不掩精致的诗集，只觉与大叔越来越近。

时光在字里行间酝酿出融入墨香的记忆。四周开始安静，店门却突然被推开。

"大叔怎么来了！"店主愉快又略带吃惊的声音让辛晴浑身打了一个激灵，"真是破天荒的第一次。不是只有每周五才会来吗？"

"嗯。"大叔没有多说什么，扭头发现昨日的姑娘，正坐在自己常坐的位置，嘴角不由微微上扬。

辛晴没敢抬头，只是用余光瞄着大叔走向书架，取出一本书，径直朝自己走来。

"你好。我可以在这里坐下吗？"

这充满磁性的声音，一个字一个字敲进辛晴心里。她抬起头，望向那张微笑的脸庞，轻轻点头。

大叔拉开木椅，坐在辛晴对面。

两人就这么面对面静静坐着，没有陌生人初见时的客套话，也没人提起昨日下午尴尬的偷拍与逃跑，只是各自读着手中的书，却又都连一个字也没读进心里去——原来彼此之间的沉默，竟也能如此默契。

许久，辛晴合上诗集，掏出一张早就买好的火车票，看着上面的目的地，陷入沉思。

"要离开吗？"大叔敏锐地捕捉到荡漾在她双眸中的那抹晶莹，便也合上手中的书。

"嗯。"

"去哪里？"

"下一座城市。"辛晴抬起头，微微一笑。

窗外，天空蔚蓝，阳光刚好，一切的一切都如此恰如其分。

大叔突然想，如若时光能停留在今天，那该多好。

三

大叔是个爱山的人。

山里阴晴不定的天，像极了七年前刚刚大学毕业时的自己。

那年夏天，还是毛头小伙的大叔，在苏州周庄双桥上，鼓起勇气，向心仪的姑娘送出了手中的玫瑰。于是，姑娘成为大叔生命中唯一的她。入冬之时，两个不畏未知的灵魂，不顾家里人反对，开始了一场足迹遍布全世界的私奔。

他爱山，她爱海。

他写文字，她拍胶片。

他带着她和她送的钢笔，在唐古拉山口写诗，在阿尔卑斯山下作词；她带着他送的相机和胶片，在维多利亚港拍夜色，在斯旺西海滩等海浪。

斯旺西小城金色的夕阳余晖，见证了大叔这辈子第一次郑重其事的誓言。大叔发誓，要用自己写出的文字为她换来一辈子拍不完的胶片。她笑着提醒道："旅行经费所剩无几了。"

大叔不以为然。被爱冲昏了头脑的人儿，自信竟也开始无边无际地膨胀起来。他带着她重回国内，继续着两个人的旅行。只是在每一座城市里，都留下了大叔打工的身影，和她带着相机独自外出的足迹。

两个人的旅行，终究变为一个人的负担。

曾经不畏未知的灵魂，勉强支撑到第五个冬季，大叔带着她来到初冬的京城。站在午后暖暖的阳光下，他送给她第二支玫瑰："旅行五周年快乐。"她却告诉他，自己听从了家人的建议，决定选择另一个有着安稳收入的人。

玫瑰被丢弃在路边落叶堆中，大叔跌落进记忆的黑洞里。

故事没有画上最后一个句号，便永远不会有人知道最终的结局。谁也不曾料到，曾经两个人出双入对，会沦为如今一个人形单影只。

大叔留在这座城市，在朋友的帮助下，开了自己的文字工作室。当繁忙的工作填满了一整个春夏秋冬后，生活终于渐渐步入正轨。

工作虽充实了生活，却终究无法填补内心的空洞。朋友告诉大叔，找个安静的地方疗伤，好过借用灯红酒绿填补寂寞。

于是，大叔想起曾经那个爱山的自己。毕竟有些爱，谁也无法夺走。大叔仍旧是一个爱山的人。每一个爱山人心里，都有一座无可比拟的山。大叔也曾有着自己最爱的那座山，因为那里，留有与她最美的记忆。可如今，他却只想躲进山里，在一方静谧之中，整理思绪，冷静思考。年少时无所顾忌的疯狂，终于幻化作与自我心灵对话的渴望。朋友说，找个合适的山房静修吧，那里最不缺的便是清静的氛围。

于是，夏末秋初之时，大叔驾车去了龙泉峪。

山里的秋天，总是来得更早一些。群山环绕之中，几座小木屋清晰可见，瞬间勾起大叔对往昔的回忆。一年未入山，再次被山里熟悉的清冷包围时，大叔有些恍惚。恍惚地办了入住手续，恍惚地来到位于最高点的木屋，恍惚地推开房门走向露台，恍惚地呆坐在藤椅上。

远山依稀可见，层层叠叠，空气中弥漫着泥土的气息和今夏最后的蝉鸣。天空刚刚还湛蓝明净，此时却已布上了浓厚的云。

伴着第一滴雨落下，回忆汹涌而至。

每个人，都有自己的临界点。有时候，只是到了一个合适的地方，遇见一场倾盆大雨，极限便被突破。

大叔哭了。

这场雨，下得彻彻底底。

住在山里的一晚，那被雨水冲刷得干干净净的一晚，大叔一年来第一次睡得格外安稳。雨过天晴，心亦晴。从此，每个月末，大叔都会来到这静观山房，带着崭新的心情，或独自坐在木屋露台望山赏叶，或在主厅品茗交友。

心境淡了，才能重拾再次去爱的勇气。

如今，正值十月末的傍晚，大叔静静坐在露台上，回忆着那场在旧书店的相遇，和那抱着单反相机的瘦小身影——这身影，竟与记忆中陪伴了自己五年的她，如此相似。时隔两年之久，再次心动，大叔迷茫了。消失许久的勇气已在那个周五被唤回，可这勇气，到底是源于对崭新起点的期待，还是出于对过去回忆的怀恋？

夕阳渐沉，带着杂乱无章的思绪，隐退而去。仿佛只是一阵恍惚的空当儿，夜幕已上，繁星乍现。山里的夜格外黑，星格外亮。冷冽的夜风挟裹着来自远方草叶的问候，拥抱住星空下的人。时钟一刻不停地向前走，夜愈深，心愈静。而独处时被点缀了星光的黑暗，总会酝酿出最适合思考的情绪。

或许，过去每一个心动的时刻，只是因为在对方身上看到了另一个自我。人啊，爱上的，终究还是自己。

一夜无眠，思绪渐渐回归平静。次日离开时，大叔被山房主人告知，山房即将进入为时半年的静修期。大叔微笑，祝福它静修愉快的同时，也知道，自己的疗伤，已画上句号。

四

方家胡同七十四号——小萌发来的短信上清清楚楚写着这么一行字。

"我把地址给你,你跟着地图导航走就成。"一小时前,小萌在电话里一边大口啃着苹果,一边含混不清地说。

离京前的最后一天,是辛晴与大学四年的好闺密小萌重聚的日子。小萌告诉辛晴,自己要尽地主之谊,带她去一个有意思的地方,边玩儿边聊——毕业后已是一年多未见,小萌玩心依旧这么重。

辛晴站在地铁站口,看着手机上的地址,又抬头望望混浊阴暗的天空。一阵冷风吹来,她不由得裹紧了大衣。这样的雾霾天,总能让她想起嘴嘴一边开门、一边唠叨"女孩子家不要总是大半夜的才回来"时,那写满了担忧的阴沉脸色。小萌曾对寝室里其他五位姑娘解释说:"嘿,这就是地地道道雾霾色儿的脸!"

性格大大咧咧、酷爱开玩笑的小萌,不仅成功向大家灌输了"雾霾色儿的脸"这一概念,还最先发明了"嘴嘴"这一外号。

"宿管阿姨跟我老妈一样啰唆,一见到咱们就像浑身长了嘴似的嘚啵不停……以后就叫她'嘴嘴'好了。"小萌在宿舍第一次"卧谈会"中说道。

嘴嘴的脸,并不总是雾霾色儿。辛晴走进地铁站,思绪却回到了从前。

五年前大一刚开学,辛晴独自一人拖着沉重的行李箱,最先来到空荡荡的128宿舍。嘴嘴刚刚交接完工作,正准备坐下吃午饭,一眼就看见这瘦小的姑娘,和姑娘身边硕大的行李箱。

"闺女,怎么自个儿来上学了?爸妈没送一送啊?"她放下盒饭,走了过来。

辛晴支吾着:"他……比较忙……"

嘴嘴没多想,从辛晴手里拉过箱子,说:"来,我帮你收拾。"

那个下午,是嘴嘴对辛晴四年陪伴的起点。

整理床铺时,嘴嘴边铺床单边讲:"我家妞妞跟你一样出息,今年刚考上大学!我还亲自给她缝了被罩,全是小花儿,可好看了!"嘴嘴笑得一脸阳光,辛晴听得满心羡慕。

大二时夏末秋初的夜晚,宿舍楼下突现红色蜡烛摆成的心。夜风习习,烛光摇曳,系里被公认为才子的迟天,抱一把吉他对着128宿舍阳台唱情歌。辛晴在舍友们的簇拥中,在躁动人群的起哄下,走出宿舍楼,红着脸接过迟天递来的玫瑰。人群一阵欢呼雀跃。嘴嘴挤在最前边,咧着嘴笑得像个孩子,冲辛晴使劲儿鼓掌。

后来,小萌告诉辛晴,那晚的表白是嘴嘴和大家一起帮迟天准备的。

时光载着幼稚的悸动,在一片色彩斑斓的假象中,义正词严地偷走了青春。转眼,毕业季来临。身边所有人仿佛一下子被一双无形而强有力的大手推入无边无际的忙碌之中,每一根神经都为未来而紧绷着。

毕业了,辛晴微笑着送走每一位姑娘,独自一人回到空荡荡的宿舍。嘴嘴走进来，在沉默之中帮她收拾行李。

"小晴，我等着你和迟天的婚礼请柬哦！"这，是辛晴拖着行李离开时，嘴嘴对她说的最后一句话。辛晴微笑着冲她挥挥手，离去。转身的一瞬，泪水涌出。嘴嘴不知道的是，她所期盼的请柬，在辛晴和迟天分别决定选择梦想和现实的那一刻，已化为幻影。

毕业季的十字路口，见证了无数折翼的校园恋情。谁不曾有过在此处徘徊的时候？只是，本就自由自在的灵魂，怎会心甘情愿被现实束缚——人各有志罢了。辛晴拒绝了随迟天回家乡找工作的请求，独自踏上一段追寻自我的漫长旅途。一个人的一厢情愿，终究败给了另一个人的一往无前。辛晴的脚步，再也没有停下来过。

这应是辛晴在京城的最后一个下午。

地铁站内，人群来往穿梭，诠释着这座城市匆忙前进的步伐。列车狂奔于地下这张复杂精密的乐谱上，一路追赶着令人窒息的生活节奏，在每一个休止符处稍作停靠，载上疲倦的人们，奔向下一个目的地。

辛晴在安逸小城长大，始终觉得自己与这里格格不入。本以为，明日踏上火车南下，便可带着旅途中的独特记忆，与这座城市和这与众不同的十月挥手再见，却不料，前日旧书店的偶遇，竟带来一丝牵挂，令她手足无措。

装着沉甸甸的心事，辛晴在安定门站下了车，走出地铁站。

小萌说的地方并不难找。走进国子监旁方家胡同不多远，辛晴一眼就望见红色"七十四号"的竖体字样。朱红色木边包裹的玻璃门上,用不同语言写着"茶米"二字。小萌站在门前,套着毛茸茸的厚外套、戴了红色针织帽、裹上红色流苏围巾、脚蹬红色小皮靴,活像一个被红色彩带装饰的圆滚滚大球,看到辛晴的瞬间,便晃晃悠悠朝她扑去。辛晴还未反应过来,整个人就被小萌紧紧抱住。一股熟悉的熏衣草香扑鼻而入。

"嗯,身上还是那么多肉,用的还是同样味道的洗发水,依旧是提前进入冬天的节奏——小姐,你一点儿也没变啊!"辛晴笑了,任由这个肉乎乎的"大球"把重量全靠在自己身上。

"人家永远都是小晴晴身边一只怕冷的潜力股嘛!"小萌故作撒娇状。

一年之别,友情的温度却丝毫未减。小萌亲昵地挽着辛晴胳膊,推门走进茶米。一扇简简单单的玻璃门,隔开了两个迥然不同的世界。门内,不见匆忙,只有从容。这个有限的空间承载了手作世界无限的想象。店内四周墙壁上,一件件精致的橡皮章和纸艺作品无不展示着细心巧手制作出的幸福。

"小萌来啦!"老板娘热心迎上来,"哟!身边这位大美女是谁啊?"

"我好姐们儿,大晴子!"小萌嘻嘻哈哈,一屁股坐到工作台边。辛晴一边打量着四周精巧的工具和五彩斑斓的胶带,一边听老板娘介绍雕刻橡皮章的流程。挑选好材料,辛晴在小萌身边轻轻坐下。

"上学那会儿,你从我餐盘里偷偷夹鸡块儿的时候手都抖得夹不住,现在怎么开始耍这小刻刀了?"辛晴细细查看着手中的工具。

"少来!本小姐可是这儿的金牌会员,手巧着呢!平时要是工作压力大,就找个时间来这儿刻一颗橡皮章,减压功力妥妥的!"小萌一脸小傲娇的表情,把辛晴逗乐了。胖乎乎的手稳稳地握着笔在纸上画着自己想做的图案,嘴上却一刻没闲着,"说说吧,为什么没在第一时间告诉我你来北京了?明明能在我家住,怎么就非得跑去住旅馆啊?你老爹给你的旅游经费再多,你也得省着点儿花啊!再说,我又不嫌弃你!你那乏味的身材我在澡堂子里都看了四年了……"

这话让小萌付出了代价,辛晴一拳砸在她胳膊上:"注意形象!这是公共场所!"

"哎哟喂!"小萌俨然一副最佳女主角的模样,"瘦得跟杆儿似的,怎么还这么大劲儿?胳膊都给我打折了!"

"嘴贫。"辛晴嗔怪道,"知道你工作忙,不想给你添麻烦。"

"见外了不是!还拿不拿我当'同睡共澡'的好姐们儿了?"

"你这都造的什么词儿啊?"

"全是形象至极的词儿!哎,说正经的,你这趟啃老的毕业旅行也太久了吧?打算啥时候找个工作稳定下来?"

"第一,这不是毕业旅行,而是一场找寻自我的旅途。第二,我现在有工作啊!跟一家旅行网站签了合约,照片和游记换来的银子虽然不多,但也足够承担路费食宿什么的。"辛晴犹豫一下,接着道,"最起码,我没问我爸要过钱,所以啊,别再说我啃老了。"

小萌迅速敏感地捕捉到了辛晴那一秒钟的犹豫,道:"你问不问你爸要钱,是一回事儿,你爸给不给你钱,是另一回事儿。我没猜错的话,他老人家在这一年里没少往你卡里喂食儿吧?"

"一分没动。"

小萌停下手中的活儿，瞪大眼睛望着辛晴："我的妈呀！大晴子你现在就是一活脱脱的小金库啊！快！大腿伸过来让我赶紧抱住了！"说罢，小萌弯下腰，伸手搂住辛晴大腿。

"就你能胡扯。"辛晴不动声色，"这钱早晚都要还给他。"

"你有病！"小萌腾地坐直了身子，"我要是有你爸这样的老爹，之前啥恩恩怨怨早就一笔勾销了！"

辛晴白了她一眼："好好做你的橡皮章吧，金牌会员！"

小萌冲辛晴噘起嘴巴，重新拿起刻刀："不过说实话，你现在跟我表姐几年前的状态简直太像了，天天满世界乱窜，不务正业。可人家那时好歹身边还有初恋一路陪着，你倒好，甩了我们系大才子，自个儿奔天涯海角逍遥去了。"小萌小心翼翼地在橡皮上雕刻着，"要我说啊，你们这些浑身上下爬满了文艺细菌的人，早晚都得被现实打击得遍体鳞伤。你看看我表姐，最后不还是屈从于现实了吗？"

"怎么个屈从法儿？"辛晴将画好的图案印在橡皮上。

"还能怎么屈从？甩了初恋，跟一有房有车的外企小高层好了呗！这不，谈了刚一年多，十一小长假办的婚礼。"小萌和闺密分享起八卦来从不吝啬，"说来怪可惜的，表姐跟她初恋在一起起码有五年了。我还挺喜欢那哥哥，是一大长腿帅哥，跟你一样爱旅行。"

辛晴心里咯噔一下——人生能有多少个五年？

"哎？你画的这是什么呀？"小萌凑过脑袋来看着辛晴手中的橡皮。

"啊？"辛晴的思绪被拽回现实当中，"一本摊开来的诗集。"望着小巧橡皮上的印画，辛晴眼带笑意自语道："这应是仓央嘉措的诗集才对。"

"我看你已经没救了。"小萌无奈，"天天文艺兮兮的，真没劲。我警告你啊，文艺过度就是不接地气的病态。"

辛晴没搭腔，拿起刻刀，专心致志沉浸在一深一浅的刻划中去。她终于明白，为什么小萌说这个空间里有着令她着迷的魔力。深深浅浅，纵刻斜切——每一刀下去，刻出的皆是内心深处的专注与平静。越是如此这般心无旁骛的时刻，越能催生出最为冷静的思考。或许，用这颗橡皮章将那日偶遇封刻在回忆中，继续原本的生活，便是最好的选择吧。

辛晴试图这样劝服自己。

五

火车南下，带着急于摆脱雾霾的迫切心情，一路追寻阳光急速行驶。

辛晴呆坐在候车室，脑子里回想着半个小时前父亲打来的电话，怎么也想不明白自己为什么会答应他。思绪一片混沌之时，手机再次响起，是小萌。

"大晴子！已经发车了吧？记得要天天想我哦！到南京后一定得给我打电话报个平安！"

"我……我没上车。"

"什么？！"小萌的嗓门尽情释放出能够刺穿耳膜的爆发力。

辛晴将手机远远拿离耳朵："小声点儿！"

"不会是睡过点了没赶上车吧？不能啊！我早上给你打电话你不已经起床了吗？难道路上堵车？也不能啊！你出发的时候已经过了上班高峰期……"小萌开启了无限的猜想模式，辛晴知道，自己若不立刻打断她，她能一句不停地猜下去。

"等等！施雨萌，我问你，你是不是告诉我爸，我来北京了？"

电话另一端突然安静下来，接着小萌开始支吾："那个……你老爹……突然给我打电话……我又不知道你没告诉他你在北京，这不一不小心……说漏嘴了嘛……叔叔也挺不容易的，想自己闺女，你却躲着不见人家。他毕竟是你爸爸呀！"

辛晴做了两次深呼吸，努力让自己平静下来，才开口道："我刚准备检票，他就给我来电话了。"

"你老爹跟你说什么了？"小萌试探地问。

"他让我留在这儿。"辛晴站起身，拉着行李箱朝候车室外走去，"我先不跟你说了，我爸马上就到车站。回聊。"

"哦……"小萌应答着，若有所思。

辛晴把手机塞进背包里，一边走一边回想着和父亲的通话：

"小晴，在北京安定下来吧。总是这样到处奔波也不是长久之计。"

"我喜欢现在的生活方式。"

"但最终总要找个安稳工作，结婚成家好好过日子啊！"

"以后再说吧！"

"以后是什么时候？你都毕业一年了，你那些好朋友们，不都是该读研的读研、该工作的工作了吗？听爸爸的话，留下来吧，来我公司上班。我也在北京，正好能照顾你。"

这话，让辛晴陷入沉默。过往的点点滴滴，渐渐吞噬着人与人之间的信任。人们在时光划过的轨迹中一路向前，却始终难以将曾经彻底甩在身后。对于父亲，辛晴一直在努力学着原谅。六岁时，她蜷缩在卧室角落里，听着门外愈发激烈的争吵，浑身颤抖、不知所措；七岁生日，她捧着被自己切得乱七八糟的蛋糕，想要分给父母，换来的却是母亲在父亲的咒骂声中摔门离去的背影——这背影，竟为辛晴记忆中与母亲有关的一切，画上了句号。

对过去的回忆，总会为如今涂上一抹散不开的乌云。站在车站出口，辛晴从钱包里拿出与母亲的合影——在时光的晕染下，记忆一天天变得模糊，但这合影，却不断提醒着辛晴，七岁生日前那晚，母亲给自己留下的最后一个拥抱有多么温暖。短信铃声响起。辛晴小心翼翼收好照片，掏出手机，是父亲发来的信息："小晴，爸爸到停车场了。"

一年以来，辛晴与父亲从未见面，只是父亲会经常发信息或电子邮件，询问：你在哪里？钱是否够用？什么时候来北京找我？辛晴知道，父亲想让自己留在他身边；但辛晴也很清楚，自己学着原谅父亲的过程，并没有一个完整的结果。这次来北京，她原本打算瞒着父亲，直到自己离开，可没想到却被闺密"出卖"。事实上，最让辛晴无法理解的，并非小萌替父亲说话，而是当父亲打来电话提出让自己留在北京时，她竟没有想出一个足够充分的理由来拒绝。

有些东西，正悄悄变化着。辛晴能感觉到，却说不出到底是什么。就像此刻，远远看见父亲站在停车场旁张望的身影，辛晴只觉鼻子有些酸。

辛明义看到女儿，向她挥手。辛晴微笑，跟父亲打招呼。父亲大步走到女儿身边，似乎想给她一个拥抱，但辛晴却下意识地站直身子，向后退了半步。空气中弥漫着一丝尴尬。父亲有些局促，伸出的手在空中停了一秒，最终落在女儿肩上，有力而温柔地拍两下，随即又接过女儿手中的行李箱。两人朝停车场内走去。

多年来，辛明义每次出行几乎都会带着司机，但今天，他却独自开车来接女儿。自女儿在电话里答应留下来的那一刻起，他便沉浸在惊讶、兴奋，与开心混杂不清的情绪中，并决定以后尽可能多地创造与女儿独处的机会。来到车旁，他匆匆把行李放进后备厢，转身想要亲自为女儿打开副驾车门，却发现她已经在副驾后的座位上坐定。

辛晴静静坐在车内，看着父亲绕过车头，打开车门，上了车。车内弥漫着淡淡的柠檬清香——很久以前，辛晴告诉过父亲，这是自己最喜欢的味道。

"小晴，咱们家在京郊，你要是住在那儿……"话到此处，辛明义忽作停顿，辛晴敏锐地发觉，父亲似乎是在找一个自以为合适的理由。她虽知道真正原因，却不言语。

"你要是住家里，上班会很不方便。所以啊，我让你刘叔帮忙在市里租了房子，离公司很近。咱们现在就去，把行李先放好。"辛明义一边小心开着车，一边透过车内后视镜，悄悄打量着女儿——

皮肤晒黑了些，身子板儿虽然还是很瘦，但似乎比一年前更结实了，眼睛里一如既往的澄澈，像极了她母亲。

"去公司上班的事儿，能暂时放一放吗？"辛晴一边在心里默默叹气，一边偷偷观察着父亲——明显增多的白发，依旧不掩那股锐气，"跟网站新签下的几篇文章还没完成。而且……我还没准备好。"

辛晴透过后视镜，看着父亲眼角被生活刻下的纹路，却正好撞上父亲投过来的目光。两人急忙将目光从镜面上移开。

"没关系，等你准备好了，随时过来。"辛明义一边答应一边开足了暖气，想要尽快将寒冷彻底从女儿身边赶走。

车内空气在一片温暖中发酵。一路上，谁也没有打破这略带尴尬的安静。辛晴靠在椅背上，望着沿途飞逝的街景，回忆着来到京城后的一周。她拿出昨天刻的橡皮章，轻抚上边细密的纹路。一周前，自己怎么也不会想到这座城市会成为这一年旅行的终点吧？人生真奇妙。有时候，你想在一个地方永远待下去，却不能如愿。可当自己只想成为某座城市的过客，却可能会把一辈子留在这里。过往旅途中，辛晴听过太多这样的故事。她不知道自己何时能邂逅一座将承载她今后所有生命的城市。

将到住处，车在一个丁字路口停下等红灯。路口拐角，一家小店吸引了辛晴的注意：一扇精致小巧的玻璃门，两面墨绿色墙壁，墙角圆圆的招牌上好像写着几个数字。辛晴细细打量这店铺，正推敲店名的含义，门突然被推开，一个身影走了出来。她清清楚楚地望见了这身影，望见了那条随意搭在肩上的黑色围巾，心里猛然一惊——是大叔。

绿灯亮起，车子驶过路口、驶过小店、驶过大叔的身影——那一刻，辛晴分明看到大叔望向车内的目光——他看到自己了吗？辛晴扭头，隔着车窗向后望去——大叔已经走过拐角，消失不见。她突然明白，自己为什么会答应父亲留在北京。趁着车子还未走远，她默默记下路牌上的道路名。

六

清晨六点起床——这是大叔多年来雷打不动的习惯。晨起后的两个小时里，思维清醒活跃，总能给他带来灵感，让他得以完成一份漂亮的文案。

从山房静修回来后的第二天，大叔依旧在六点准时起床。正是换季时节，折腾了他好几年的鼻炎准时来犯——每到这时，他便整晚无法安眠。即便如此，睡懒觉的想法也从未出现在脑海中——清晨的大好时光可不能被浪费。大叔走进厨房，煮好咖啡，习惯性地拿出陪伴了自己四年的红色马克杯，却突然犹豫。

四年前，大叔与初恋一起定做了两只马克杯，并分别在杯底刻上对方的名字。如今，杯底名字依旧，而名字的主人，却在一个月前给大叔送来婚礼请柬，请柬上和她名字在一起的，是另一个男人。大叔让她将东西放在桌上，把她送出家门，再也没有理会那请柬，就连打扫卫生擦桌子时，也会刻意将其绕过。

此刻，看着杯底"雨宁"二字，又望望桌上那张蒙了灰尘的请柬，大叔终于下定决心，将杯子连同请柬一起，扔进桌旁垃圾桶里。从橱柜中拿出新杯子倒上咖啡，大叔来到书房，点燃一罐白茶味香薰蜡烛，在干净整洁的书桌前坐下。

桌上只有几本整理好的精装诗集、两摞笔记本、两瓶墨水和一支钢笔。作为一位刚步入而立之年没几天的80后，大叔却从不直接用电脑创作，而是一直保持着用笔写作的习惯。

对于纸和笔，他早已形成依赖。思绪顺着笔尖流出，记下每一个瞬间的灵感、写出执笔时每一刻的心情。抽象的情绪，控制着一横一竖的同时，也被笔尖与纸面之间质感的触碰激发出掷地有声的文字。大叔拿起钢笔，摊开笔记本，思索片刻，正欲下笔之时，手机响起——是好友高扬发来的短信。

"今晚七点跟林熙一起吃饭。别忘了提前买一份礼物。"

大叔迅速回复一个字"好"，随即将手机放在一旁，重新拿起钢笔。手机铃声再次响起，高扬打来电话。大叔无奈，只得再次放下手中的笔。

"开门，我到你家门口了。"电话里传来高扬气喘吁吁的声音。大叔放下手机，叹息着清晨的大好时光就要这么被糟蹋了。

"你这家伙，从来都不按常理出牌。"大叔把他请进屋内，"明明已经来了，却非要多此一举，先发短信又打电话。"

"兄弟我乐意。"高扬用两只脚把鞋子蹭掉，随意踢在一边，换上干净的拖鞋，走进客厅内。大叔弯下腰，拎起高扬这双脏兮兮的白色运动鞋，将其搁在鞋架上摆放整齐。

"你啥时候能搬家啊？换个有电梯的地儿不行吗？天天爬五层

楼梯,你不嫌累啊?"高扬喘着粗气把自己扔进沙发里。

"老房子住着舒服,接地气,能给人带来不少灵感呢。"

"打住啊!我才不跟你这个搞创作的人提什么灵感不灵感的。我只负责给你拉来生意。"说罢,高扬从包里掏出一份文件来,"看看吧,林熙托我给你的合同。"

"不是说好,今晚一起吃饭的时候她亲自给我吗?"

高扬清清嗓子,把文件递给大叔,眼神里有些许躲闪:"我们这位林大小姐嘛……你又不是不知道,总是会随着自己的心情办事儿。说不定人家晚上只想好好吃顿饭聊聊天,不谈生意呢。"

大叔接过文件:"也好。反正总归是要好好感谢一下她。"

高扬小心翼翼地观察着大叔的表情:"哎,你说,林熙这姑娘……怎么样?"

"什么怎么样?"大叔粗略地翻看着手中的文件。

"就是你觉得她怎么样呗!"

"挺好啊。聪明、讲义气,偶尔有些任性,是个很好的朋友。"大叔合上文件,突然发现高扬正以一种莫名的眼神望着自己,"你干吗这么看着我?"

"你真是个木头。"高扬有点儿着急了,"算了,以后再说。一会儿我回工作室有点事儿,你一定记住了,晚上赴约之前得给林熙买礼物。一定要去你家旁边那个802叁杂货铺。只要是那家店里的礼品,随便什么都行。"

"别家不行吗?"

"你是不是傻?你不知道这个名字有什么特殊含义吗?"高扬

实在忍不住了——要知道，他从来都不是一个善于隐藏秘密的人，但这次，高扬牢牢记住林熙的嘱咐，话到嘴边，又咽进肚里，"算了算了，你只需去店里买东西就好，其他的到晚上林熙自己会跟你讲。"

大叔笑了："臭小子，整天神神秘秘。"言罢，只觉鼻子不适，连打两个喷嚏。

"哟！肯定有谁在想你！"高扬开了一个意味深长的玩笑。

"少扯。你又不是不知道，我这鼻炎犯了。"大叔拿出纸巾来，一脸痛苦。

"早就跟你说，让你去做个小手术。你就是不听哥们儿劝。昨晚肯定又没睡好吧？"高扬收起先前开玩笑的语气，严肃起来，"我认识一位耳鼻喉科的专家，去年还给我爸做了切除鼻息肉的手术来着，挺成功。你好好考虑考虑，要是想好要做了，我就去找那大夫看能不能给你约上。"

"再说吧。"

"什么再说吧！"高扬给了大叔一拳，"早做早轻松！你这样下去总是休息不好，早晚得神经衰弱。有我这层关系在，能给你找个好大夫，你竟然还不知道珍惜……这年头能在大医院里找顶尖专家挂个号多难啊！"

大叔笑了："老百姓们看病难，其中一个原因就是你这种人的存在。"

"我能有什么办法。"高扬不以为然，"人不为己天诛地灭。你呀，别总是活在自己假想出来的那个理想世界里。"

大叔无奈。

"看看你接下来几个月的时间安排,想好了告诉我一声。"高扬站起身,"我先走了,记住去给林熙买礼物啊!"

送走高扬,大叔重回书房,清理思绪,想要捡起被高扬打断的灵感。他要写一个故事,关于一位独自旅行的姑娘。这灵感,正是来源于那日在旧书店的偶遇,来源于那个偷拍自己后落荒而逃的姑娘。这姑娘,在逃跑后第二天又回到书店,捧着他前一日在读的诗集——不知为何,大叔总觉得,姑娘是在等着和自己再次相逢。过去几日,每每想到这里,大叔的嘴角便会不由自主地浮上一丝微笑——真是个可爱的人。

只不过,此时的她,怕是已经离开北京,前往下一座城市了吧!大叔黯然,有些后悔自己那日没有和她多聊聊。毕竟,他连她的名字都还不知道。

时钟嘀嗒行走的声音回响在安静的屋内,大叔微笑着书写出自己的想象。笔记本上字越来越多,时光越走越快。待大叔意识到桌上一口未动的咖啡早就凉透时,已是临近中午。高扬又发来短信,提醒大叔买礼物的事儿。大叔叹口气,换好衣服,围上围巾,走出家门。

高扬所说的杂货店就在离家不远的街角处,大叔经常路过,却从未进去。或许,是在刻意让自己远离过往的回忆吧——前女友雨宁就是个很爱逛杂货店的人,两人还在一起时,去过无数家遍及世界各地的特色小店。

来到店铺门口，望着墙角圆圆招牌上"802叁"几个字，大叔突然想起，高扬好像说过这名字有什么特殊含义。他此时无意深究，只想赶紧完成任务。走进店内，挑选了一个底座刻有英文"Thank You"的精致摆件，待店主用礼品纸包好后，大叔便迅速走了出来。

　　街角红绿灯指挥着来往车辆。大叔无意中看了一眼从身边驶过的车子，突然感觉车内有望向自己的目光，随即又扭头看去。只是一瞬的工夫，大叔并未看清车窗后那张面孔，便未多想，转过街角离开了路口。

　　离七点还差一刻，大叔已经来到约定的咖啡馆门口，拿出手机，拨通高扬电话："我到了，你在哪儿呢？"

　　"在家啊！我今晚就不过去了。"高扬声音带着些不怀好意的笑。

　　大叔一愣："不是说好咱俩一起代表工作室来谢林熙吗？"

　　"今晚是属于你和林大小姐的私密时间，我就不打扰啦！祝你俩约会愉快！"不等大叔作任何回应，高扬便挂掉电话。

　　大叔收好手机，看着手中被细心包装的礼物，思量片刻，终于明白自己即将面对的是什么。他无奈地叹口气，推门走进咖啡馆。

　　店内靠窗的墙角处，林熙静静地坐在桌边，翻看着面前的杂志。精心描画的妆容毫不张扬，棕灰色大波浪长发柔和地在两肩散开，一袭红色连衣裙在冬日暖阳里映衬着那雪白的皮肤。她故意无视周边男人们不断瞄来的目光，似乎早已习惯成为任何场所的焦点。

　　大叔脱掉外套，朝林熙走去："不好意思，久等了。"

"舒桐哥！"林熙闻声，忽地抬头，眼里心里皆充满笑意，"我刚到没多久。"

大叔将礼物双手递至林熙面前，微笑道："一份心意，谢谢你对我们工作室的支持。"

林熙开心地接过礼物，小心翼翼拆着包装袋："那是因为你们文案做得很棒啦！不然我老爸这么挑剔的人也不会同意跟你们签约的。我只是向他老人家推荐了你而已。"打开盒子，看到里边精致的长颈鹿木雕摆件，林熙欢喜得很，"舒桐哥真有心，还记得我最喜欢的动物是长颈鹿！"

大叔脸上依旧挂着淡淡的微笑。

林熙细细欣赏着这份礼物，却在底座背面发现"Thank You"字样，心中虽掠过一丝失望，但眼中笑意依旧不减："那……你还记不记得我为什么喜欢长颈鹿？"说罢，她抬起头向大叔望去。

大叔摇头。

"我们俩第一次见面的时候……"林熙抛出线索，故意停下不语，希望能唤起大叔的记忆。

"抱歉，实在想不起来。"大叔无奈，"最近好像越来越容易忘记事情了。"

"你一点都不在乎我。"林熙噘嘴撒娇，假装生气，"第一次见到你，是在你们工作室。那天我去找高扬，在走廊撞到你，手里钥匙被碰掉。你弯腰帮我捡起来，递给我的时候，看了一眼钥匙上的长颈鹿挂件，跟我开玩笑说这个挂饰很可爱。从那以后，我就开始喜欢长颈鹿了。我总觉得，长颈鹿能给我带来好运，比如，遇见你。"

大叔看着林熙一脸幸福又认真的样子,正在犹豫该怎么把话接下去时,服务员过来询问他们要点些什么。大叔长出一口气。

待服务员离去,两人之间突然陷入一段寂静。林熙将摆件收好放在一旁,低头继续翻着手中的杂志,却一个字也没有看进去。从小家境优越、娇生惯养的她,加之面容姣好,身边总不缺各色追求者。恋爱谈了不少,却没有一次是她主动。一年前初见大叔那日,林熙当晚便向男友提出分手——她终于遇见了一张令自己想要主动追求的面庞。于是,林熙以找好友高扬为借口,成了大叔工作室里的常客。渐渐地,她开始想办法约大叔,但却总被他以忙为由拒绝。今晚,在高扬的帮助下,林熙终于得以和大叔在工作室以外的地方单独见面。她决定,要抓住这次机会向大叔表露心声。

然而,在真正喜欢的人面前,勇气往往不堪一击。此时,只是服务员不经意的干扰,便打乱了林熙的心绪。大叔的态度从一开始就带着微冷,一如既往。林熙有些犹豫。但倔强的她,从未考虑过放弃。毕竟,一切才刚刚开始。

"舒桐哥,这礼物,是在802叁买的吗?"林熙整理好心情,重新抬起头,忽闪着明亮的大眼睛望向大叔。

"嗯。高扬特意交代了好几遍。"

"知道为什么一定要是这家杂货店吗?"

"为什么?"

"你用手比画一下8023这四个数字。"

"嗯?"大叔有些迷惑。

林熙笑了，脸上泛起微微红晕。她伸出左手："看好咯！"面对大叔，林熙缓缓做出四个手势：食指拇指比出"L"，握拳显示"O"，剪刀手是"V"，三指拼得"E"。屋内，轻轻回荡着"I Miss You"的旋律，Czarina 干净细腻的嗓音为暖暖的空气注入一泉清甜。林熙双目直视大叔眼睛，眼里心里仅此一人："之所以用左手比画这个词，是因为心脏在左边。"

　　大叔从这双溢满爱慕的大眼睛里看出了期待，却不知自己该如何给出回应。

　　"林熙……"

　　"做我男朋友吧，舒桐哥。"林熙不等大叔把话说完，便开了口，比画 LOVE 的时候，她在心里一点点给自己鼓劲，"你应该早就明白我的心意，却总是不答应和我单独约会。一年了——我从来都没有为了一个人等这么久。之前，我做了很久的心理准备，我希望今晚能有一个好的结果。"

　　"林熙……"

　　"希望你能答应我，让我来结束你这已经延续了两年的寂寞。"林熙沉浸在自己的情绪中，"高扬已经把你的过去都跟我讲了。我明白，你是一个钟情的人。而这一年来，我也一直在用我的行动向你表明，我的钟情。"

　　"林熙，我还没做好开始一段新感情的准备。"大叔强行打断她的表白。

　　林熙愣住，脸颊通红，双唇半张，微微颤抖，一时说不出话来。

　　"对不起，"大叔声音立刻柔和下来，或许是因为愧疚，"我还没有准备好。"

过了许久,林熙才终于说出话:"是因为施雨宁吗?听高扬说你为了这个女人已经消沉很久了。可是,为什么啊?她都结婚了,而且……"她欲言又止,担心大叔会生气,却终究没有控制住自己的情绪,继续说道,"这女的也是够贱,竟然给你送结婚请柬。这不是往你伤口上撒盐吗?"

大叔眉头微皱,但趁林熙未发现之时又立刻舒展开来,取而代之的是他标志性的淡淡微笑:"没有做好开始新感情的准备,并不意味着还未完全放下过去。或许,只是因为没有遇到对的人,又或许,虽遇见了对的人,却因为没有缘分而与她错过。"

林熙琢磨着大叔的话,渐渐平静,"那,你是否已经遇到了对的人?"

大叔不语。

林熙的倔强不允许自己选择放弃,她强打精神,脸上恢复了俏皮笑容,只是此时这笑里多少有些勉强和苦涩:"不说话就是默认还没有遇到喽!这样说来,我还是有机会的!"

大叔回以无奈的微笑:"你这姑娘,从来就没有不乐观的时候。"

"那当然,我可是一个从不轻言放弃的好姑娘!错过你我会永远痛苦,而错过我你也定会后悔一辈子。"林熙嘻嘻哈哈,假装开玩笑,说得却都是心里话。

七

自早上和辛晴通话之后，小萌心里便一直被不安充斥着。身为闺密，她自然比任何人都更希望辛晴能留在这座城市，但自己和辛晴父亲之间的事，却让小萌担心辛晴早晚会发现，会恨自己。

午饭过后，小萌坐在电脑前，心乱如麻无意工作。手机短信铃声响起，辛明义发来信息："雨萌，抱歉打扰了，今晚有空吗？想约你一见，有事需要再麻烦你帮忙。"

"真是怕什么来什么……"小萌这么想着，无比苦恼。她不想再继续下去，便决定暂时不给任何回复。将手机屏幕向下扣在桌上，小萌重新拿起鼠标，望着电脑上密密麻麻的数据，却怎么也无法静下心来整理。回想起昨晚辛明义给自己打来的电话，小萌开始有些后悔。与辛晴相识相知的五年里，小萌一点点了解着辛晴。她深知，辛晴从不会轻易信任任何人，可一旦有了信任，便又会毫无戒备。只是很多事情，发生得太过突然，以至于迫使人们变成另一个自己。小萌从不曾想过有一天她会辜负辛晴的信任，也从不曾料到一向健康的父亲会突然昏倒在办公桌上。

三个小时过去，小萌手头的工作毫无进展，心里想了很多，却又理不出任何头绪。手机再次响起，心猛地一颤。

依旧是来自辛明义的信息："这次我会提供更高的价格。时间地点由你确定。"

望着这行字，小萌犹豫了，捧着手机的双手开始微微颤抖。她从未像现在这样无助过，从未有过此时这般满心愧疚的挣扎。小萌咬咬牙，终于给出回复："六点半，国子监附近，红叶拾楠咖啡馆。"

信息发送后，小萌将手机关机扔进抽屉，趴在桌子上，把头埋进手臂里，内心深处翻涌起一浪又一浪的苦涩与无奈。小萌只觉身体越来越沉重，意识也渐渐模糊起来。她跌入了一场混乱的梦境，在一个混乱的时空里，做着混乱的事情——一切都是乱的，乱得可怕，乱得可怜。

不知过了多久，一旁同事过来轻拍小萌肩膀。小萌坐起身，眼角挂着泪珠。同事见状急忙询问，小萌摇头说没事，自己只是太累，睡着了而已。拿出手机，开机，看一眼时间，已是六点。四下望去，同事们大多已离开。小萌叹了口气，收拾好提包，起身朝办公室外走去。

与辛明义约见的咖啡馆就在公司不远处。夜色渐临，空气里充满了汽车尾气刺鼻的味道。这条原本只需十分钟的路，小萌今天却走得很慢、很慢。六点半，到了红叶拾楠门口，小萌站住，抬头望着门上木牌发呆，不料却被紧随身后的姑娘撞到。小萌急忙道歉，给她让路。姑娘微笑说没关系，推门走进店内。那婀娜多姿的身影，一身当季新款，就连空气也忍不住存留姑娘身上的香水味。小萌猜测这定是位富家姑娘。想来世间还真是有诸多不公，一个擦肩而过的陌生人都可能家财万贯，就连自己那天天游山玩水的好闺蜜也有殷实的家庭背景。为什么偏偏就自己如此不幸？

"时间到了，该面对的早晚都要面对。"小萌这么想着，跟随姑娘走进咖啡馆。

辛明义已在店内等候，见小萌走进来，起身向她招手。

"辛苦了。想吃什么随便点，我请客。"待小萌走来，辛明义为她拉开座椅。

"谢谢叔叔。"小萌坐下，只觉有些不自在，"我不吃，您有什么事就说吧，我不能回家太晚，妈妈会着急。"

"那就随便喝点什么。"辛明义执意将菜单放在小萌面前，并叫来了服务员。

小萌无奈，指着菜单上的奶茶："就这个吧。"

"给我来一杯咖啡。"辛明义对服务员微笑道。

"晚上喝咖啡，不会睡不着吗？"小萌好奇。

"一会儿回公司，今晚还有很多事要做。"

"辛晴呢？您没打算多陪陪她？"

"中午已经陪她吃过饭了，她说下午和晚上想自己在住处四周逛一逛。"

"哦。"小萌不知道该继续说些什么。

"我工作实在太忙，虽然现在小晴答应留在北京，但我可能还是无法经常陪着她。所以，很多时候就得拜托你了。双休日节假日什么的，去家里找她聊聊天，陪她逛一逛北京城。"

"这些不用您说，我肯定也会做。她是我好闺密，能和我留在同一座城市，我自然开心得很。"

"那就好。"辛明义点点头，"我只是希望，你跟小晴聊天的时候，能多多劝说她赶紧来我公司上班。今天上午去车站接她回家，我已经问她了。但小晴说想要先把上班的事情放一放。我知道，她只是在找借口，拖延时间而已。"

"辛晴是一个很自由的人，一向自由惯了，怕是适应不了朝九晚五的生活。"

"来我公司上班，她不用像其他人那样严格遵守规章制度。毕竟是我女儿，只要她能答应入职，工作日能来公司就行。她是个聪明孩子，该学的一定很快就能学会。我希望她从了解公司开始，以后慢慢学着打理。"

"她不喜欢做的事，别人一向不能勉强。"

"所以我才迫不得已来找你啊，雨萌。"辛明义留意着小萌的表情，思量该如何劝服她帮助自己，"我都是为了小晴好。我相信，你也希望看到小晴安定下来吧？"

"我只希望她能幸福。"

"作为父亲，我当然也希望女儿幸福。可是，她只有安定下来，过上稳定的生活，才会幸福。"

"让她去做自己喜欢的事，不是会更好吗？有多少人拼死想像她一样，却无奈地不得不向现实低头。辛晴是幸运的，能够在最美好的年华里做最真实的自己。"

"你们都还太年轻。人这一辈子，若总是做自己喜欢的事，总是顺从自己的倔强，便会过早透支所有运气。老天从不会偏爱任何一个人，不会让谁一直幸运下去。很多时候，做自己不喜欢的事，是生活中必不可少的一部分。我不想让我女儿的未来毁在她现在一时的自由痛快里。"

小萌不知该如何回答辛明义这番话，思索片刻道："不管怎样，辛晴未来怎么走，没人能替她做出选择。别说您劝说不了，就是我也很难说服她去做她根本就不喜欢的事情。"

"你是小晴最好的朋友，你的话在她心中分量很重，我看得出，她非常在乎你。"

"正因为如此，我才不愿去逼她。我不想让她对我失望。"

辛明义察觉到小萌的犹豫，便决定把话摊开："雨萌，你爸爸的病怎么样了？"

小萌愣住，虽早就料到辛明义会再次拿这事当作筹码，但当他点明时，小萌还是有些手足无措。

见小萌不语，辛明义继续道："你帮助我的女儿，我也会帮助你。我知道，现在只靠着你和你妈妈的收入，家里怕是已经入不敷出了。如果你能让小晴来公司上班，我会让秘书再打给你一笔款，数目是上次的两倍。这笔钱，会大大缓解你们的压力。而且，要是以后家里有什么困难，只管告诉我，我一定尽力相助。"

小萌咬着嘴唇，握紧了拳头，心中燃起一丝愤怒。

辛明义觉察到小萌情绪的变化，继续道："我是一个生意人，做事自然按照利益最大化的标准。目前对我来讲，女儿陪在身边就是最大的利益。而你最需要的，就是钱。对于咱俩来说，这是双赢的结局。"

许久，她终于开口："辛晴已经因为我把她的行程透露给您而生气了。我不想失去她这个朋友。"

"你放心，我不会告诉小晴。这是你和我之间的秘密。"

从辛明义口中说出的这"秘密"二字，让小萌只觉一阵恶心。

她勉强稳定住情绪，问道："叔叔，辛晴最讨厌背叛，其中的原因，我想您是知道的吧？"

"我说了啊，我会替你保密。毕竟，我也不希望小晴失去她唯一的好朋友。"

"我是指，发生在您家里的背叛。"小萌咬牙说出这句话，辛明义立刻变了脸色。小萌盯着他的眼睛，继续道，"我这样做，实属无奈。但有件事，叔叔您要清楚，您或许可以用钱买来女儿对您的顺从，但却买不到一丁点儿亲情。"

辛明义沉默许久，道："谢谢你肯帮助我，雨萌。我明天就让秘书把一半的钱打到你卡里。"

小萌低头不语。

辛明义继续道："我所做的一切，都是为了我的女儿。"

小萌依旧不语。

服务员端来奶茶和咖啡，辛明义试图劝小萌点些东西吃，小萌拒绝，只是说声"再见"，便拿起提包，转身离开。辛明义目送小萌离去的身影，脸上虽还挂着僵硬的微笑，心中却五味杂陈。

小萌大步朝咖啡馆门口走去，余光突然瞥见墙角处一个熟悉的身影。她眼前一亮，转了方向。

"舒桐哥哥！"她试探地打声招呼。

大叔一惊，抬头寻声望去。

"真的是你啊！"小萌很是惊喜，"好巧！"

"小萌？"大叔站起身，开心地摸摸小萌的脑袋，"小丫头，你怎么在这儿？"

"我公司就在这附近啊！"小萌道，"好久不见，你最近怎么样？"望见坐在大叔对面的林熙，小萌似乎明白了什么，若有所思地问，"这位美女姐姐是不是你女朋友啊？"

大叔还未开口，林熙就笑着说："马上就会是啦！妹妹好眼力哦！"

大叔无奈笑笑，随口问道："你表姐怎么样？"话刚说出口，他便后悔。这无心的问话，也让小萌觉得有些尴尬。

"雨宁姐还好……刚度完蜜月回来。"说完后半句，小萌也开始后悔。

一旁林熙敏感地抓住"雨宁"二字，瞬间明白了一切。她尝试着化解此刻尴尬的氛围："哎？妹妹，你刚才是不是在门口被我不小心撞到了？"

小萌抓着这个机会赶紧接话道："对哎，好有缘！"

"小萌你来这里吃饭吗？"大叔略显生硬地转移着话题。

"没有啦，只是……"小萌朝辛明义坐的位置看了一眼，"只是来见一个'客户'而已。"

大叔顺着小萌的目光望去，看到正在啜咖啡的辛明义。

"舒桐哥哥，美女姐姐，你们聊。我得赶紧回家，妈妈等我呢。"小萌向两人道再见。

"拜！"林熙优雅地挥手。大叔也回以温柔的微笑。

走出咖啡馆，先前与辛明义的交谈再次充斥进脑海里。迎着冷冽的晚风，小萌握紧了拳头，心里道："这事儿绝对不能让辛晴知道！绝对不能！"

八

京城的每一个初冬，总会留有深秋久久不肯散去的味道。冽风咄咄逼人，带着些新人常有的霸道，欲抢夺城池；落叶则毫不相让，守着旧人的顽固，拼死抵抗。

冽风呼啸出满嘴狂妄："这城，已披红戴金太久，也该到银装素裹的时候了。我便是那冬雪派出的死士，生而带有更新换代的使命。"

落叶婆娑着浑身的冥顽："这城，是我等主宰的地盘儿：曾经是、现在是、将来依旧会是。"

可这冽风与落叶，终究只是被时光摆弄的无辜木偶，纵使曾有唇枪舌剑乃至兵戎相见，却也只能在季节的轮回里身不由己——谁也不曾是主宰，谁也不会是主宰。

舒桐心里的京城，是异乡人眼中的京城。曾以为自己只是这里的过客，却不料被命运逼进了胡同。转眼间，生命中两年的时光，便已烙刻在这片土地上。

冽风卷起落叶，狠狠砸向楼梯间紧闭的玻璃窗。上午八点一刻，楼道原有的寂静准时被灌入悠长足响。舒桐拎着装有书稿的文件包，不慌不忙走下楼梯。

从家到工作室，步行距离只有二十分钟。自两年前工作室开张的第一天起,舒桐便用自己从容不迫的步伐,日复一日地踏着这两点一线。虽说创作者最忌讳机械的重复与惯性,但很多时候,往往正是这种不需要用脑而只靠身体记忆便能完成的事情,为他腾出了得以享受自我的时间。

两年前,舒桐走在这条路上,一边强迫自己忘掉曾与雨宁一起天涯海角到处奔跑的记忆,一边思索着模糊不清的未来自己想要的到底是什么。今天,走在同一条路上,舒桐已然明白,现在他最应该考虑的并非自己想要什么,而是该要什么。已经过了寻求自由的年纪,如今,舒桐开始渴望一份稳定与一个家庭。

转过两个街角,便能望见工作室木牌上"桐叶原创"四个大字。看一眼腕上手表,正好八点三十五分。

推门走进工作室,舒桐向已经坐在桌前忙碌的七位桐叶er们打招呼。"桐叶er"——这是工作室里所有作者们的自称。对他们而言,桐叶原创文字工作室如同一棵梧桐树,每一位作者都是一片与众不同的叶子。大家说,舒桐就是这棵树的主干,但舒桐却说:"不,我和你们一样,也是一片桐叶er。"

两年来,舒桐完成了自我角色的转变,从最初只围绕雨宁这颗太阳转的小行星,到如今成为整个团队的太阳——放下了感情的羁绊,事业也开始顺风顺水起来。

打完招呼,舒桐一眼便看到高扬正埋头于桌前,在笔记本上写着什么,专注到连自己跟大家说"早上好"都没有听到。舒桐笑了,悄悄朝高扬走去。

高扬突然发觉有人走过来,急忙条件反射似的将本子"啪"的一声合上。

"写啥呢?还怕人知道啊?"舒桐没在意,开玩笑道。

"没啥没啥!闲着没事儿写会儿日记。"高扬傻笑两声,似乎有所隐瞒。趁舒桐脱挂外套的工夫,他匆忙将笔记本收进抽屉,迅速锁好,又小心翼翼地把钥匙塞进上衣口袋。

"闲着没事儿?这才刚上班你就这么闲,看来我得多给你点儿任务才行。"舒桐笑拍高扬肩膀,"工作室里,你软文写得最漂亮,这次林熙爸爸的广告文案,全权交给你如何?"

"别别别……"高扬脸上堆起故作谦虚的笑容,"文案还是要你们这些搞创作的人来做。我也就干个跑腿儿的活儿罢了。"

"自己明明就是搞创作的人,还天天嚷嚷着跟我们撇清关系。"舒桐从文件包里掏出材料,放到高扬面前。

"嘿嘿……我写得不好。"

"过度谦虚就是骄傲。"

"没有没有,我就那么随随便便谦虚一下而已。"高扬笑着翻开材料,突然想起了什么,又抬头责问道,"哎,昨晚林熙大半夜给我打电话,说你拒绝她的表白了?你怎么这么铁石心肠啊?"

舒桐闻此,即刻给了高扬一拳:"你还有脸怪我?我倒要问问你,为什么给我下套?"

高扬马上堆起笑脸,搞怪地说:"嘿嘿……你跟林熙在我这儿吧,两边儿都是好朋友,我也左右为难。谁让你总拒绝跟林熙单独约会呢,人家姑娘实在没办法,非得求我帮忙。我这不也是好心嘛,一心想要促成一对儿鸳鸯。"

"你这是乱点鸳鸯谱！"

"什么乱点鸳鸯谱……男才女貌，多般配啊！这下好了，林大小姐受伤了，准备出国一段时间，说是要忙她爸爸的生意，我看啊，她其实就是要去疗伤。"高扬朝舒桐翻个白眼，"你怎么就不知足呢？人家林熙哪儿不好了？貌若天仙，家境殷实，有一个能干的老爸，还对你如此痴情。"

"你既然这么喜欢林熙，尽管去追好喽！"舒桐耸耸肩，半开玩笑道。

"唉，我不行……我跟林熙只是青梅竹马的铁哥们儿而已。再说了，你多命好啊！我呢，没人疼、没人爱，天天跟在你屁股后边当小喽啰。"说到这里，高扬故作一把鼻涕一把泪的模样，不知从哪儿掏出一张纸巾，在鼻子上像模像样地擤两下，然后又挤出一副可怜巴巴、满脑问号的表情，接着道，"可我这个人心肠好，长相虽不能说迷倒众生，但也理应吸引来若干小美女吧？怎么到现在却还是孤家寡人一个呢……"

舒桐强忍住笑，去水吧拿来一杯咖啡，打算好好看看这家伙能演到什么时候。

"我长得不比你差吧？"说到兴奋处，高扬猛地站起身，左脚踩地右脚踏上椅子，瞬间便成功引来屋内所有人的目光。只见他一撩额前并没有的刘海，自我沉醉道，"我堂堂一米八之男儿，要身材有身材……"

舒桐轻声补充："重量级人物。"

高扬不予理会，双手握拳向大家展示自己的上臂："要肌肉有肌肉……"

舒桐一脸淡然："一堆赘肉。"

高扬双手呈花朵状捧在脸颊两旁："要相貌有相貌……"

舒桐将手中咖啡端至嘴边："大脸蛋子浑圆可爱。"言罢，故作淡定饮一口咖啡。

高扬依旧不顾舒桐轻声补刀，只是越发沉醉："一张性感大嘴能言善辩、一双丹凤眼炯炯有神、额头饱满颇具内涵……哎！不瞒你们说，最近我觉得我这脑门儿是越来越饱满，估摸着定是我这大脑越来越灵光了！"

"拉倒吧！"大叔终于忍不住了，大笑着脱口而出道，"你那明明就是发际线后移了！"

工作室内立刻笑成一团，好不欢乐！

"高扬啊高扬，你真是天下第一奇葩！像我们大叔这样沉稳高冷的帅哥，竟然都被你逼得飙出乡音了！"一旁小瑜笑弯了腰，捂着肚子直喊，"肚子都笑疼了！"小瑜是工作室里最文艺的姑娘，写得一手好诗，在遇见舒桐之前，已出版了自己的诗集。除小瑜和高扬外，工作室里还有文风霸气的赛蓝、文字细腻的达如、文思深邃的双篱等作者，各具风格，各有千秋——组成了这其乐融融的团队，是两年来最令舒桐觉得宽慰的事。

谈笑完毕，大家各归其位。高扬起身走进卫生间，拿出手机拨通林熙电话。

"芋头！你在哪儿呢？"高扬尽力把音量压到最低，生怕有人听到。

"机场呢!我告诉你多少遍了,不许再叫我'芋头'!"林熙没好气地嚷嚷。

"舒桐刚才把你老爸的文案全权交给我了。"

"你拒绝没?"

"我……可能大概或许……没有拒绝。"

"什么?"林熙的怒气隔着电话把高扬吓得一哆嗦,"你是不是傻?我劝说老爸把软文广告交给你们工作室,你难道不明白我的用意吗?"

"什……什么……用意?"高扬挠着后脑勺,颇为不解。

"当然是想让舒桐哥负责,然后我借着跟他交流文案的机会能与他多多接触啊!"

高扬恍然大悟,随即嘿嘿笑着给林熙赔不是:"你瞅瞅我这脑子,总是慢半拍。"

"唉,也不能全怪你。我觉得舒桐哥一定是故意的。他看出了我的心思,所以才把文案交给你。"

"不会。他就是个木头,在这方面反应比我还要慢呢。他都说了,是因为我软文写得最好啦!"高扬声音里有一丝掩盖不住的洋洋得意,"交给我才是最正确的选择,哈哈!"

"就你?"林熙这话并没有坏意,但高扬听得心里颇不舒服,"你还有这特长?"

"林熙!你太不地道!怎么可以这样鄙视你的好闺蜜呢!"高扬一生气,竟不由自主抬高了音量。

"本来就是嘛!你又没写过什么,能有我家舒桐哥经验丰富?"

"舒桐哥舒桐哥！你这个重色轻友的家伙天天就惦记着你家舒桐哥！我高扬创作经验丰富着呢，只是没有机会一展身手罢了！你等着，这次文案一定会让你爸眼前一亮！"

舒桐来到办公桌前，打开电脑，调出《情结》的电子稿——这是高扬前不久刚帮他录入电脑的小说。每一位原创文字作者，内心深处都渴望被认同，渴望在自己的读者群中找到些许共鸣。而今，曾经五年周游世界积攒下来的文字，和过去两年间自我疗伤沉淀出的思想，终于碰撞出舒桐即将出版的第一本小说。

舒桐细细将定稿信息整理完毕，打包发送给了一直与自己保持联系的编辑。

"兄弟，礼品店刚来电话，后天绘本展上给嘉宾送的纪念品做好了。"高扬拿着手机走过来，"我一会儿就去取。"

这倒提醒了舒桐。

一个月前，舒桐大学好友——如今已颇有名气的绘本作家丁一，跟他商量好要借用桐叶工作室开办一场小规模私人绘本展。丁一看中的，不仅仅是和舒桐多年来保持的要好关系，还有在舒桐精心设计与打理下、别具风格的工作室环境。

舒桐突然想起昨晚在咖啡馆偶遇小萌一事，又记起这妹妹曾对自己说过她喜欢收集各种精美绘本，便拿出手机，在联系人中翻到小萌多年前留的电话号码。已是两年未见，昨晚相遇时小萌又太过匆忙，更没有告知联系方式是否有变。舒桐抱着试试看的态度，拨了过去。

很快，电话被接通。

"喂，您好。"是小萌的声音。舒桐很高兴。

"小萌，我是舒桐。"

"舒桐哥哥！"小萌又惊又喜，"你竟然还留有我的号码！"

舒桐笑了："对啊。后天晚上六点，在我工作室里有一场绘本展览，感兴趣的话，欢迎来玩儿哦。"

"好啊！"小萌开心极了，"你不仅留着我的号码，而且还记得我是绘本控哎！哈哈，谢谢舒桐哥哥，后天晚上我一定会到！"说到这里，小萌似想起了什么，急忙问道，"我能带一个朋友一起去吗？她是我最好的闺密，刚来北京，我得多陪陪她。"

"没问题。我一会儿把工作室地址发给你。就这么定喽！"

放下手机，舒桐意识到高扬还站在身旁，正用一种让人难以理解的眼神儿望着自己。

"你不是要去取纪念品吗？"舒桐觉得奇怪，"怎么还杵在这儿不动？"

"你打电话的这个小萌，是施雨宁的妹妹施雨萌？"高扬盯着舒桐。

"咱俩都认识的人里，叫'小萌'的不就这一个吗？"舒桐点头，不明白高扬到底要说什么。

"你脑子是进水了还是缺根筋儿啊？我说你怎么拒绝林熙呢，敢情你还对那施雨宁心存幻想！"高扬很生气，既为林熙抱不平，也对舒桐感到失望。

"胡扯！"舒桐很是无奈，"我拿小萌当朋友，请她来纯粹只是因为她收集绘本而已,跟施雨宁有什么关系?"

"谁信哪!"

"你信不信我可管不着。快去取纪念品吧,记得装袋的时候多准备两份。小萌会带一个朋友过来。"

"不可理喻。你早晚会后悔的。"高扬瞪了舒桐一眼,转身离去。

舒桐无奈摇头。

九

父亲给自己租来安身的房子,恰在一条繁华街道附近。这,是两所大学共有的后街。学校里来自五湖四海的大学生们,养活了街上所有商贩。每日临近中午与傍晚之时,熙熙攘攘的人群便从学校里蜂拥而出,占领整条后街。来到这里的第一晚,辛晴独自在街上闲逛,望着身边来来往往的学生,仿佛看到了曾经的自己。

曾经,她还陷在与迟天纯洁无瑕的感情中,无数个夜晚,迟天拉着辛晴,流连于学校附近一家家小吃店和夜市地摊。那时的迟天,背着心爱的吉他,牵着心爱的女孩,眼里心里全是毫不掺假的喜欢;那时的辛晴,坐在迟天自行车后座上,抱着自己这辈子第一次用心去爱的男生,以为这样就可以一辈子。

如今,在千里之外的另一座城市,站在和那个装满初恋记忆的地方万般相似的街道旁,辛晴能做的,只有祝福与自己擦身而过的一对对情侣。

独自在街边面馆吃罢晚饭,回到住处,辛晴拿出纸笔,一一列下自己需要购置的生活用品。早已习惯一个人生活的她，不知从何时开始，依赖上了清单。不论是待完成事项清单、行李清单、摄影器材清单，还是购物清单——只有当自己亲手将单子上各条项目逐一划掉时，辛晴心里才会踏实。

次日一早，她准时在闹钟响起三秒后从床上爬起——过去一年在外流浪的日子，让辛晴将"守时"二字深深刻进了心里。既对别人守时，也对自己守时。这一次，既然已经决定留下，辛晴便做好了常住的打算。未来太过模糊，她从不会做什么长期计划，但至少总会提前想好近些日子需要做些什么。把住处变成在北京临时的家——这是第一件事。说实话，前一日上午，父亲将自己接来这里时，辛晴并未对此处抱太大希望，甚至做好了换地方的心理准备。可昨晚在附近闲逛后，辛晴喜欢上了这个无比接地气的环境。

"就这里了。过两天网站把钱转过来，我就把房租还给他。"辛晴这么告诉自己。她不想花父亲的钱，哪怕一分一毫。

从屋内简单却摆放凌乱的家具看，父亲租下这房子实在过于匆忙。怕是根本没来得及打理。无妨，反正辛晴也从不喜欢别人插手属于自己的空间。

走进厨房，用陪伴自己一年多的随行简易厨具和昨晚买回的食材，辛晴开了火，热牛奶、煎鸡蛋、做三明治。很快，一顿简单的早餐便被端上了桌。清晨的阳光，斜斜地透过窗户打在桌面上。辛晴拉开椅子轻轻坐下，在这束看起来并不透彻的光线中，一个人吃早餐。

今日似与往常有所不同。但绝非是由于自己一觉醒来又坐在一个崭新的地方独用早饭。真正让此刻与众不同的，是它拉开了辛晴接下来在这间房子里生活的第一幕。辛晴没有想好住多久，更不清楚在这里停驻期间，自己要做些什么。她只知道，她有些累，想要暂时为旅途画上一个句号。至于这句号是否意味着自己从此便永远留在了这里，她还不想做决定——走一步看一步吧。

吃罢早饭，辛晴即刻开始大扫除。日头渐渐由东向西斜去，屋内慢慢变得干净利落，每一个角落的灰尘都逃不过她的双眼。临近下午两点，整间房子焕然一新。辛晴洗好抹布，涮好扫把，终于可以将腰直起，长出一口气了。顾不得做午饭来犒劳早已空空如也的胃，她换好衣服，背上双肩包，拿起昨日列的清单，又从橱柜中拿出一块儿面包叼在嘴里，便走出家门，依着昨日查好的路线，直奔家旁的公交车站，朝着附近最大的超市进发。

傍晚，当辛晴从公交车上下来时，背上的双肩包鼓鼓囊囊，双手均拎着硕大沉重的购物袋。一路晃晃悠悠朝家走去，由于身上负担过于沉重，上人行横道时，前脚抬起高度不够，只听"哎呀"一声，辛晴重重摔趴在地，购物袋里的东西纷纷散落出来。

旁边一位男生路过，见状，急忙跑来将辛晴扶起，询问她是否受伤。

"没事儿。"辛晴忍着左手掌心的剧痛，谢了男生，俯身捡散落在地的东西。

男生也蹲下来，帮忙将物品捡进袋子里。看到两大包静静躺在地上的卫生巾，男生伸出的手突然僵在半空中。辛晴发觉，抬头看一眼他，只见这小子涨红了脸颊，很是尴尬。辛晴忍不住"扑哧"

一声笑出来。

她将卫生巾捡起塞进购物袋里，半开玩笑地问道："有女朋友吗？"

"啊？"男生一时没反应过来，定是没料到这位素不相识的姑娘张口就能问出这样的问题，"还……还没……"

"等你以后有女朋友了，说不定还得去超市买这东西呢。"辛晴大笑，却突然又被左手掌心火辣辣的疼痛逼得倒吸一口气，这才想起将手伸出来查看。

摔倒时，左手掌心在地面狠狠蹭了一下，变得通红，有些见血。

"你受伤了？"男生问道。

"没事儿，回去清理一下，消消毒就好。"辛晴对他微微一笑，迅速将地面上散落的物品收拾好，拎起购物袋准备离开，"谢谢你！"

"你要去哪儿？这俩袋子太沉了，我送你回去吧。"

"不用。"辛晴一口拒绝了男生的帮助，爽朗地笑道，"我比你想象得有劲儿得多。谢啦！"说罢，辛晴转身继续朝家走去，留下男生呆站在路边，回想着这陌生姑娘的玩笑。

辛晴吃力地拎着购物袋，走着这段似乎突然变得很远的路，终于回到家楼下，又大口喘着气爬上了四层楼梯。

"幸亏租的不是顶层房子，不然还得多爬一层楼……"到了家门口，辛晴长出一口气，放下袋子，腾出手来拿钥匙。本以为这下便可好好休息，不料刚打开屋门，借着黄昏时分昏暗的光线，辛晴却绝望地发现，屋内已"水漫金山"。顾不得感叹自己可怜，她急忙小心翼翼地进屋关掉总电闸，又摸黑找到背包，拿出手电，奔向卫生间查看情况。由于房子年代太久，屋内设施老化，卫生间里连接那台老式洗衣机进水管的水龙头处破裂，冰凉的自来水"哗哗"向外喷涌。

辛晴无力再抱怨什么，忙从一旁架子上扯下毛巾，缠在水管破裂处，勉强减弱了喷涌的水流。即便如此，她身上那件还未来得及脱下的棉服依旧没有逃脱被浸透的厄运。辛晴拿出手机，上网搜到离这里最近的水管维修公司，拨通电话。

"我们马上过去。"工作人员给出一句简单的承诺。

她叹了口气，狼狈地淌水走到卧室。

"完了，一上午打扫的全瞎了。"辛晴一边抢救着地上摆放的物品，一边回想着自己在丽江时遭遇的水管爆裂事件。那时，和所有追求文艺的青年一样，辛晴被古城的阳光吸引着，第一次有了想要结束旅程在这里长住的打算。但准备租房的那天，自己所住的民居里，水管爆了……

民居主人是一位年迈的阿婆，与一条年迈的土狗相依为命。土狗名叫阿花。阿婆和阿花，在日渐商业化的街道上，靠着一套没有华丽广告语的朴素民居维持生计，也守护着这里所剩无几的淳朴。辛晴暂住的几日里，阿婆收了她最低的费用，却给了她条件最好的屋子。

"姑娘，你的眼睛很像我闺女，我以前的闺女。"第一天，辛晴来民居登记住宿时，阿婆望着辛晴如是说。辛晴微微笑，并不明白她口中"以前的闺女"是什么意思,正欲询问,阿婆便继续言语下去,似乎在与辛晴诉说,又像是在自言自语。

"我以前的闺女,眼神很单纯,就像玉龙雪山上洁白无瑕的雪海。一块糖就能让她开心一整天。可是后来,姑娘大了,留不住了。走的地方多了,眼神里便开始掺了杂色。"阿婆不急不慢,一字一顿,"于是,我以前的闺女,变成了现在的闺女。现在的闺女,和她哥哥们一样,一块糖再也满足不了了。"

那一刻,辛晴意识到,阿婆身上,有自己想要了解的故事。

接下来的日子里,辛晴白天出去游览摄影,傍晚回到民居,一边帮阿婆打扫卫生准备晚饭,一边与她聊天。阿婆将自己还未褪去的记忆,一一讲给辛晴听,这记忆里,有世间苦甜,有人间冷暖,还有土狗阿花二三事。这样的日子,持续到了辛晴决定留在丽江的那一天。那天,辛晴屋子里,水管爆裂。阿婆叫来水管工,帮着辛晴收拾残局。

"看来老天不想让我定居下来。"辛晴开玩笑道,"命中注定我就要这么流浪下去。"

"不是老天不想,是你自己不想。"阿婆慢悠悠地说。

辛晴愣住,迷茫地看着她。阿婆继续慢悠悠道:"这世上没有什么命中注定。命运,只不过是人们惯常使用的借口。将一切正在发生的事情与命运做联想,不过是为了掩饰你内心深处真正的想法罢了。你心里念着的,还是宽广的世界,但又放不下这里某些事或某些人,一时纠结,便找来老天替你说出心里话。"

阿婆一番话,让辛晴思索良久。为什么她的内心,往往能够借助别人的口,被赤裸裸地暴露在自己面前?

第二天,辛晴与阿婆道别,许诺不久的将来一定还会回到这里。

阿婆说:"好孩子,去吧。但别让这个世界污染了你的眼睛。"

辛晴离开了阿婆,离开了阿花,离开了丽江。

三个月后,她结束在东南亚的旅程,决定履行承诺,回来看望阿婆和阿花。可回来后却发现,自己曾住的民居正在被翻修,门外伫立着一张花里胡哨的广告牌,张牙舞爪的文字和图片让人浮想联翩,宣传这里翻修后将成为邂逅桃花运的最佳场所。辛晴心里一惊,急忙向附近店家打听。一位奶茶店的阿姨道出了实情。

辛晴离开后不久,这里来了几个流氓混混,在阿婆家蹭吃蹭喝,阿婆顾着其他客人,要赶混混们走,混混们推倒阿婆,抢了阿婆积攒半辈子的银饰,跑了。阿花一路追过去,咬伤一个,却被另一个拿铁棒砸断了腿。受了惊吓的阿花呜呜叫着,一瘸一拐地不知跑向何处。邻居们帮阿婆叫来警察,阿婆一心念着阿花,还没等警察到来,便着急地出去寻阿花。

古城那五花石铺就的街道,承载了阿婆半辈子的脚印,却也在这一天,夺去阿婆半条命。阿婆跌了一跤,造成了严重的脑溢血。

阿婆的闺女和几个儿子们接到医院通知,赶回来,却在阿婆的病床前争抢阿婆仅有的这套民居。这场争吵,夺去了阿婆另外半条命。

"吵得贼凶!"为辛晴讲述的奶茶店阿姨是从东北来这边讨生活的农民,看辛晴关心阿婆,便将故事全盘托出,"尤其是她那个闺女。你说一个大姑娘家家的,怎么说话这么不干净呢?阿婆总跟我们这些邻居们说她闺女小时候多听话,这头一次看着了,我的妈呀!还真'听话'!你说这阿婆当了半辈子语文老师,咋把孩子教成这样了呢……"

辛晴哽咽,半天冒出一句来:"阿花呢?"

"你说一直跟着阿婆的那条狗?被阿婆儿子生生给打死了。"阿姨看到店里来了客人,忙去招呼,罢了又回来继续向辛晴讲述,"这不,最后也不知道他们怎么商量的,好像决定要一起合伙把这里翻修一下继续营业,盈利大概要被瓜分了吧。修阿婆卧室时,那瘸腿儿的狗娃子竟然自个儿跑回来了,守着卧室门,不让工人们进,还发疯似的咬伤了人。阿婆的一个儿子被叫了过来,当场就拎起砖头把狗给打死了。"

辛晴大脑里轰的一声响,全身上下像被抽了骨头一样瘫软。她扶着墙壁,慢慢转身,看着面前一派忙碌的景象:工人们热火朝天地翻修着原本朴实无华的民居,脑海里想起的,却仍旧是那扇老旧的木门,还有坐在木门前晒太阳的阿婆,和蜷在阿婆身边的阿花。

阿婆微微眯起眼睛,享受着古城的阳光;阿花轻轻打起呼噜,贪恋着阿婆身上简简单单的温暖。

十

待水管工离去,已是晚上八点。望着屋里一片狼藉,辛晴叹口气,拿起手机拨通小萌电话。

"亲爱的,给你一个机会重温大学时光,要不要?"辛晴半开玩笑道。

"此话怎讲?"电话里,小萌故作严肃。

"速来我寝宫,今晚晴爷我翻的是你的牌子。"

"人家才不要和你一起睡!"

"开玩笑啦!"辛晴收起嘻嘻哈哈的态度,"我屋子水管爆了,水管工刚给修好,可现在屋里太乱,来帮我收拾吧,完事儿了我请你吃夜宵。你要是太爱我,不想离开,我也可以考虑留宿你一晚。"

"自恋!需要我帮忙的时候才想起我是吧?你自己慢慢整吧,我才不管呢。"嘴上虽拒绝着,小萌却已经开始收拾洗漱用品。

"你肯定不舍得让我独守空闺。我等你哦!地址一会儿发给你。"

放下电话,小萌匆忙将睡衣塞进背包里,向母亲打了招呼,走出家门。路上,她虽预想过此时辛晴的屋子里是怎样一片急待"灾后重建"的景象,可当真正踏进辛晴家门时,还是吃了一惊。

"我的妈呀!活生生一个洪灾现场啊!"小萌瞪大了眼睛。辛晴苦笑着将她迎进屋内,顺手锁好房门。眼尖的小萌立刻发现了门上两道崭新的插锁。

"这是你自己安装的?"

辛晴点头。

"行啊你!这种活儿都会干,还安了两把!你这屋里是藏着多少宝贝啊!"

"跟财物无关。"

"那就是怕有人进来劫色?"小萌哈哈大笑,"够谨慎!不过,你这小身材,也没啥色可劫。"小萌一边笑一边朝卧室走去,丝毫没有注意到辛晴表情的变化。

"哎呀!"小萌一声尖叫,吓得辛晴打了一个激灵,"卧室门上也安了两把插锁?大晴子你是多没安全感啊!"

辛晴无奈,只是迅速调整好自己的情绪,招呼小萌赶紧帮忙收拾屋子。

"你猜我昨天遇到谁了?"小萌走出卧室,卷起袖口,一边摆出一副要准备上战场的模样,一边不忘和闺蜜分享八卦。

"谁啊?"辛晴随口应和着,递给小萌一块抹布。

"我表姐前男友。还记得吗?前两天我跟你说过的那个,跟我表姐谈了五年恋爱,两人那叫一个浪漫啊,携手跑遍世界各个角落。昨天我在一咖啡厅见到那哥哥,和一特漂亮特有气质的大美女约会呢!"

"哦。"辛晴似乎并不关心,只是忙着清理地面的水渍。

"哦什么啊!你别这么心不在焉。我表姐和她前男友曾经都是你这样的人,可现在人家俩不都屈服于现实了吗?我表姐过得倍儿滋润,工作稳定,老公对她也不错。舒桐哥现在也安定下来,在一家工作室工作,今儿还打电话请我去参加绘本展呢。"

"舒桐?"

"就是我表姐前男友。"小萌道,"我还跟他说,要加你一个。"

"加我?"

"对啊。反正你最近也没什么事儿,我就跟他说后天带你一起去他工作室看绘本展。"

"你怎么知道我最近没什么事儿？"对于小萌自作主张给自己安排行程的习惯，辛晴虽哭笑不得，但也早已习以为常，毕竟大学时自己稀里糊涂地被小萌拽去参加各种活动的次数，数都数不清。

"你不是暂时不会去你爸公司上班嘛，反正闲着也是闲着，倒不如……"

"等等！"辛晴打断小萌，道，"你怎么知道我不去我爸公司上班？我好像还没跟你说这事儿呢……"

小萌一时语塞，意识到自己说漏了嘴，急忙想办法补救，却不免显得有些生硬："那个……我猜的……我这不是之前做过推理嘛：既然你现在决定要留北京了，那你老爸肯定会想你能有份好工作啊！他那么关心你，一定想要把你留在身边，也就是说让你去他公司工作！你又是一个自由惯了的人，肯定适应不了朝九晚五的生活，所以一定会拒绝。"看到辛晴脸上依旧留有疑虑，小萌把话锋转到了闺蜜身上，"怎么，难不成，我推理错误，你真打算去你老爸公司上班了？"

"解释……"辛晴故意亮出犀利的目光盯着小萌眼睛，"解释就是掩饰！你是不是有事儿瞒着我？"

"没有没有，你不要拿你那大眼珠子瞪我。咱不早就说好了咱俩之间不能有秘密嘛！我绝对没有瞒你什么！不过……"小萌小心翼翼地继续道，"既然你爸真的给你提议了，我倒觉得，你可以考虑考虑。你爸真挺不容易的。"言罢，又补充一句，"看起来挺不容易。"

"你是不是我爸派来的啊？我怎么觉得你一直在帮他说话

呢！"辛晴一句玩笑话，却让小萌的神经紧张起来。

辛晴觉得小萌情绪有些不对劲，便用胳膊肘轻轻碰碰她，道："你怎么了？"

小萌苦笑一下："没什么。对了，你选择留下来，是不是因为你爸去车站找你了？"

"不是。"

小萌出了口气，低声自语道："要真是这样，我就可以没那么自责……"

辛晴将这话听得清清楚楚，顿觉有些奇怪："有什么好自责？你又不是故意泄密的。"

小萌一惊，急忙转移话题："你接下来打算怎么办？"

辛晴叹口气道："先把跟网站签的几篇文章写完吧。"

"然后呢？"

"然后……我想找个人。"

一听这话，小萌立刻来了兴趣，凑到辛晴眼前，询问到底是谁。辛晴微笑着给了小萌一个意味深长的眼神，脸颊突然泛起微微红晕。小萌倒吸一口气，恍然大悟："难道你爱上了某个人？你是因为这个才决定留北京的？"

辛晴低下头，目光也变得柔软起来，慢慢讲述了几日前在旧书店与大叔的偶遇。小萌托着下巴，呆呆地望着辛晴满脸的温柔。

"也不知道为什么，第一次看到他坐在窗前发呆的侧颜，心就开始扑通乱跳。他身上似乎有一种与生俱来的气质，一种能吸引我的气质。或许这就是一见钟情吧，谁知道呢。感情这东西，一向来得无凭无据。"

小萌从未见过辛晴此时这般沉醉的模样，打趣道："我陪你一起找呗！我还真想亲眼见一见这位能让我们家大晴子'一见钟情'的大叔。感觉好像比我们迟大帅哥还要吸引人的样子。"

"他跟迟天不一样。迟天是初恋，曾经让我有种想与他海誓山盟的冲动。可初恋时的海誓山盟，只不过是对未来极度不自信的表现罢了，终究要败给现实。大叔不同。对他，我没有什么冲动，也没有对未来的遐想。有天下午，我们一起面对面坐在旧书店里看书，好像全世界的空气都变得安静了。他让人觉得踏实，有一种永远不会败给现实的安全感，就像你根本不用对未来许诺什么，他也会陪你一直慢慢走下去一样。可能就是这种气质吸引了我吧。"

"败给现实？"小萌瞪大了眼睛，不敢相信这话会出自辛晴之口，"你这个以'不现实的文艺少女'著称的家伙，现在竟然跟我说初恋会败给现实？你不是总挑战现实吗？这么一说，好像你又回到了现实中一样……"

"我一直在现实中啊！"辛晴耸耸肩，"只是，活在现实中，不一定非要活得现实，人也不一定都要变得现实。就像现实那么残酷，人不一定都要变得残酷一样。"

"现实残酷？"小萌有些不屑，"大晴子，你不觉得你是最没资格说现实残酷的人吗？你看看，你一个大美女，家境优越，天天游山玩水，不用担心惹怒上司丢了工作，更不用操心养家糊口——你就一严重脱离现实的神仙，根本不接地气。你活得这么不真实，哪能真正体会到现实的残酷呀！"

"我活得最真实。"辛晴平静地将抹布洗净、拧干、晾在阳台上,"现实不只有眼前的柴米油盐……"

"我知道!还有'诗和远方',对吧?"小萌急忙接过话头,"看,我也能时不时冒出一些文艺的句子来,哈哈!"

"那是生活。"辛晴被逗乐了,"而且原话前半句,说的并不是'柴米油盐',而是'眼前的苟且'。"

"打住打住!我不跟你讨论这些,永远都说不过你。"小萌噘嘴,欲转移话题,"对了,迟天要回来,你知道吗?"

"他去哪儿了吗?"

小萌吃惊地看着辛晴,心里却有种莫名的欣喜:"看来你俩真的一直没再联系?"

辛晴摇头。

"迟天毕业后刚回上海,就被什么星探给挖走了,现在已经在韩国秘密训练一年,好像准备出道了,说不定不久的将来,就是大明星啦!"小萌弯腰拖着地板,却掩不住满脸的自豪。

"既然是秘密训练,你怎么会知道呢?"

"迟天是我好哥们儿,无话不谈,你又不是不知道。不过,过去这一年里……"小萌想起什么,忙改口道,"过去的几个月里,他倒是经常跟我问起你的情况。"

"当初他不是决定要回上海工作吗?好像他爸妈托熟人找了个外企。我一直以为他是挺现实的一个人。"

小萌立刻着急替迟天辩解:"当明星就不现实了吗?人总是会变的嘛!再说,说不定是老天惜才,不想让迟天这么有潜质的小伙子沦落为你我这样的普通人吧。"

辛晴撇嘴："当普通人怎么就'沦落'了？普通人也有普通人的精彩。"

小萌叹息："你终究是活在理想世界里的人。我们在现实中摸爬滚打的痛苦，你根本无法体会。"言罢，小萌犹豫一会儿，继续问道，"大晴子，你……对迟天还有没有感觉？"

"都是过去的事情了。"辛晴淡淡地回答。

小萌开玩笑说："那等迟天回国后，你可不能跟我抢迟天。"

辛晴大笑，也开玩笑问小萌："怎么，你喜欢我前男友？"

"你不知道吧？上学那会儿我就对你们家迟天虎视眈眈呢！只可惜那时我还没长开，帅哥就被你给抢了去。"小萌一脸嘻嘻哈哈的模样，"如今人家在微胖界也称得上是一美女吧！这次我可是要火力全开。你不许跟我抢哦！"

辛晴不知道的是，小萌借着开玩笑的名义，说出了自己的心声。

十一

上午八点，首都国际机场，二号航站楼。

一个男生背着吉他，在两位中年男子陪同下，静静站在转盘边等行李。一米八五的个头，瘦削笔挺；敞开的迷彩拉链卫衣，内搭黑T恤，一条黑色破洞牛仔裤恰如其分地修饰着那修长的双腿。男生面容清秀，皮肤白皙；一字眉自然大方，微卷的睫毛长而浓密，眼窝深邃，眼眸清亮，两条卧蚕仿若月牙，微笑时既透着温柔又藏匿着让人难以抗拒的可爱。他虽用黑色口罩遮住口鼻,却挡不住这面孔的英气。一头深酒红色短发,或许是因为在飞机上睡着的缘故,此刻略显凌乱,可正是这恰到好处的凌乱感,反而为他的帅气增添了些许亲切,如邻家大男孩般令人着迷。

一旁,几位少女同样在等行李,纷纷向他投来炽热的目光。

"他是不是哪个明星?好帅啊!"一个姑娘附在同伴耳边悄声问道。

"不太可能。要是明星,怎么会自己在这儿等行李?"同伴回答。

"好想扑上去……"姑娘眼里满是痴迷。

男生毫不在乎身边这些仿佛要把自己点燃的目光,似乎早已习惯了被关注。他低着头看手机,时而用修长的手指在屏幕上打字。行李到了,陪同的两位男子吃力地取下三只硕大的行李箱。男生依旧看着手机,跟随两位推行李的男子离去。

"哎!我的包!"公司楼下,小萌勉强挤下公交车,不料双肩背包却被车门夹在了车里。眼看车子就要启动,小萌慌忙敲打车门。司机闻声重新将车门打开,这才避免了小萌被车拖行的命运。公交车扬长而去。小萌吓出一身冷汗,一边咒骂自己倒霉,一边朝公司走去。手机铃响,打开微信一看,是迟天发来的信息。

"萌妹子,哥哥我回来啦!刚下飞机,在等行李。"

这简单的两句话,瞬间赶走了小萌心头所有不快。她激动到手抖,手机差点掉地。

"终于回来啦!旅途一定很累,赶紧好好休息!晚上见一见,一起吃饭吧？"刚输入这些话，思索片刻，全部删掉，重新输入："太好啦！晚上一起吃饭吧！"再想，还是觉得不妥："晚上有时间吗？请你吃饭。"读了一遍，觉得可以，小萌这才将信息发送过去。对话框显示"对方正在输入……"小萌盯着这几个字，满心欢喜全露在脸上。

"七点，烤肉季，我请你。"

小萌努力控制着激动到发抖的双手。

迟天所乘航班晚点，公司派来的商务车在机场停车场内已经等了一个半小时。司机在车旁不耐烦地踱步，地上是四根灭掉的烟头。

"还没出名呢就这么大派头，等这么久还不来，要是以后真成大明星了，岂不是架子更大！"司机嘟嘟囔囔，准备点第五根烟。

"行啦，老林。飞机晚点又不是小天能控制的。你就别怪他啦。"副驾上，一位身材圆润的女士一边翻看手机里的娱乐新闻，一边安慰司机道，"你还是少抽点烟吧！就你那身体，一点都不注意，还想长命百岁呢？难怪嫂子成天批评你。要是我，我也得骂你。"

"行行行，不抽了。"老林乖乖将火机收起，手中却还夹着烟，冲着车内嬉笑道，"小娟啊，你千万别跟你嫂子说。我承诺她要戒烟了，这得慢慢来嘛！"

"像你这样烟龄大的人，戒烟不简单，但也不是不可能。你自己得有决心才行。我之前就是因为痛下决心，才最终把烟给彻底戒了的。我们家那口子倒没什么，主要是我儿子轩轩，天天督促。"

"轩轩出道有一年了吧？"

"对啊。这孩子，唱功很好，舞也跳得不错，还给炒过几个话题，可就是火不起来。"何娟放下手机，靠在椅背上闭目养神。

"公司怎么不让你带轩轩呢？"

"公司有自己的考虑，我能理解。慢慢来吧。"

"那你觉得这个迟天怎么样？"

"小天比轩轩小两岁，论经验肯定比不过轩轩，但他唱跳俱佳，有自己的特色，是个好苗子。不然公司也不会让我来带新人。小天爸爸跟王总是至交，公司给小天的待遇可比其他新人好太多了。"

"家里有关系啊！怪不得呢，还得你亲自出动来接人。哎，不过话说回来，我觉得你儿子肯定能大红，只不过还没遇到机会。"

"自己的孩子，我当然希望他越来越好，只是一直没有合适的作品。他自己又不会创作。"何娟用微笑掩饰着内心的苦楚。

"我听说，迟天好像会写歌。"

何娟没有回话，心里却在盘算着什么。

"哎！来了！"司机抬头，望见正朝自己走来的三人。

迟天收起手机，扯下口罩，礼貌地向司机挥手示意。

"林叔叔是吗？"来到车旁，迟天微笑着与司机握手，"您好！辛苦您了！"

"不辛苦！不辛苦！"老林忙不迭地一边握着迟天的手，一边把烟塞进口袋里。

"小天，好久不见，越来越帅了！"何娟从车上走下，脸上笑成一朵花，想要热情拥抱住迟天，无奈个头太矮。

"娟姨！"迟天很是开心，体贴地弯下腰回应何娟的拥抱，"好久不见！"

　　将行李放进后备厢后，一行人有说有笑地上了车。老林发动车子，驶出停车场。这是他第一次见到迟天，忍不住偷偷从后视镜里看着那张面孔，心里不禁感叹道："这孩子长得真俊！"

　　一阵寒暄过后，何娟提醒："这几天要不要回上海看看你爸妈？下周进棚，一忙估计就得到过年了。"

　　"他们明天早上的飞机来北京看我。"迟天从包里掏出耳机，打了个哈欠。

　　何娟见状："这样啊。你快睡会儿，一会儿到公司还得先开会。"

　　"好。"迟天戴上耳机，调出手机里自己写的歌，懒懒地靠在座椅上，望向窗外。

　　初冬的天气，已是寒意袭人。车内的温暖在窗玻璃上糊了一层哈气。迟天掏出纸巾，将车窗擦拭干净，望着窗外飞逝的景物，却毫无睡意，便索性发起呆来。耳机里缓缓响起《晴天》的旋律。这是自己为小晴写的第一首歌。第一次见到她，也是在这么一个阴冷的冬日。迟天闭上双眼，陷进回忆里，就像过去一年曾无数次沉浸在回忆中一样。

　　四年前，十二月的一个晚上，迟天背着吉他，独自漫步在江边。正是阴冷时节，即使南方室内没有暖气，此时也很少有人会来江边受冻。迟天走到一处空旷地，确认四下无人后，在一旁台阶上坐下，拿出吉他。空荡荡的江边响起流水般的音乐，迟天沉浸其中，轻轻吟唱着 Matt Duke 的《Rabbit》。

一曲唱罢，身后突然传来清朗的女声："你的音色和 Matt Duke 很像哎！"

迟天吓了一跳，急忙站起身来。

黑暗中跳出一个精灵般的身影。这"精灵"身着白色卫衣，牛仔背带裤，脚蹬一双帆布鞋。借着路灯柔和的光线，迟天细细打量着眼前这位瘦弱的姑娘。只见她扎着俏皮可爱的丸子头，五官精致，正仰头用一双明亮的大眼睛扑闪着望向自己。

迟天从未见过这般澄澈的双眸。

"你好，我叫辛晴。晴天的晴。"

"你好，我叫迟天。晴天的天。"

辛晴哈哈大笑，迟天只觉这笑声爽朗悦耳，不由得嘴角上扬。

"我也喜欢 Matt Duke。"辛晴指指迟天手中的吉他，"他自弹自唱特别好听。"

"嗯。一个人的时候我最喜欢听他的歌。"尽管知道这很不礼貌，迟天还是无法将目光从辛晴脸上移开，"他的歌声里有着其他歌手没有的纯真与友善。听他唱歌，内心会很平静。"

"为什么一个人躲在这里唱歌？"辛晴眼中满是好奇。

"我……"面对这双眼睛，迟天说不出任何掩饰的谎言，却也不想承认自己对舞台恐惧的事实，"我喜欢唱给自己听，有旁人在场，我会唱不好。"

"哈！Stage fright！"辛晴一语道破。

"嗯？"

"你怯场啊？"

迟天不好意思地点点头。辛晴突然觉得，这男生害羞的模样挺迷人。

"可是，这么好的歌声，只唱给你自己听，会不会太自私了？"辛晴微微笑道，"没有听众，好可惜。"

"那，你来当我的听众吧。"迟天也不知道自己哪儿来的勇气说出这句话。

"好啊！很荣幸！"辛晴毫不迟疑地答应，随即在台阶上开心坐下，依旧用那双无比澄澈的大眼睛望向迟天，"可以点歌吗？"

迟天也坐下来，重操吉他，微笑道："当然。"

那晚，在江边阴冷的空气中，迟天为辛晴唱了一首又一首，手指冻得通红，心中却满是温暖。这位精灵般的姑娘，是他人生中第一位听众。时光在浸染了音乐的夜色中悄悄溜走。辛晴第一次感受到了浪漫，迟天第一次体会到为别人唱歌的幸福。曲终人未散，迟天询问辛晴住在哪里，要送她回去。当两人从对方口中得知他们在同一所学校同一个院系读书时，两颗年轻的心里顿时漾起层层涟漪。

"一起回学校吧！"辛晴大方发出邀请。

离开江边广场来到马路上，行人渐多，无不行色匆匆，仿佛急于摆脱夜色的寒冷。迟天见辛晴衣着单薄，便将吉他递给她，脱下外套为她披上，又接回吉他来。

"都冻成小丑鼻子啦。"迟天开玩笑。

辛晴低下头。从小到大，从未有异性对自己有过这般温暖的举动，她突然觉得有些不适应。迅速调整好情绪后，辛晴抬起头，笑着说："继续唱歌吧！"

迟天被这突如其来的要求吓住了:"现在?在大马路上?"身边过去几个行人,迟天看了他们一眼,露出怯生生的表情。

"对。就在大马路上,边走边唱。"辛晴坚定地点点头。

从她的眼睛里,迟天看出她绝不是在开玩笑。

"咱们比赛跑步!看谁先跑回学校!"说罢,迟天抬腿准备逃跑,却被机灵的辛晴一把抓住胳膊。

"哈!想逃?"辛晴双手紧紧拽着迟天,扎起马步,双脚死死踩在地上,"没门儿!"

迟天扭头看着辛晴这姿势,实在觉得好笑又可爱——就这瘦弱的小身板儿,还想拖住自己这大高个儿?他决定逗逗辛晴。只见迟天脸上浮出一丝坏坏的笑来,毫不费力地向前走去,画面就如长颈鹿拖着小兔子般滑稽。辛晴被迟天拖着在人行道上"滑行",扎马步也没用。担心辛晴突然松手会摔倒,迟天走几步便停下了,转身低头望着辛晴由于用力而涨红的脸,哈哈大笑。

"欺负人……"辛晴无奈至极,却依旧倔强地坚持要迟天边走边唱歌。

迟天再次拒绝。

辛晴灵机一动,道:"唱些欢快的曲子,我来给你伴舞!"

"啊?"迟天彻底被辛晴古灵精怪的想法打败。

"这样,人们就不会注意你啦!大家的目光都在我身上,你也不必担心有人看你。所以,大胆地唱歌吧,少年!"言罢,辛晴有模有样地端起架子,好像随时都能舞动起来一样。

迟天明白辛晴的用意,心里涌动着暖暖的感激。望着她送来的真诚目光，他实在不愿辜负这双迷人的眼睛。一阵思想挣扎过后，他终于拨动琴弦。

那晚，在这条被夜风侵袭的马路边，一位高高帅帅的男生用歌声应和着温柔的月色，同样温柔的目光始终锁在围绕着自己蹦蹦跳跳、哈哈大笑的姑娘身上。姑娘爽朗的笑声和笨拙可爱的舞姿，成功吸引了每一位路人。

北方的冬天，不及南方那般湿冷，却有着独特的刺骨。MEET唱片公司门口，老林一个急刹车，将迟天从回忆拽回现实。

"没有你，就不会有今天的我。"下了车，望一眼门前广场上高音谱号的雕塑，迟天在心中默默念道。

初冬的凛风，呼啦啦吹散了阴霾。午后，太阳终于睡足懒觉，突然想起世间还有诸多令人瑟瑟发抖的严寒，便迈着懒洋洋的步子出来施舍些暖暖的阳光。唯有在冷峭中窘迫过，才会珍惜温暖——它深谙世人那点儿心思。

刚一降落在祖国大地便被拉去公司的迟天，在一上午紧凑工作之后，终于得以空闲。走出公司大门，他毫不犹豫地直奔什刹海——这里，有着自己和辛晴恋爱后第一次结伴旅行的回忆。

那年暑假，辛晴坐在寝室楼下，拿着小萌从老家寄来的明信片，兴高采烈道："南方的阳光我看够了，明天就去北方耍。"明信片上，夕阳余晖荡漾在波光粼粼的什刹海。

"去哪儿？跟谁一起？怎么去？住哪儿？啥时候走啥时候回？"作为男朋友，迟天瞬间紧绷起全身的神经。

"北京。明天就出发！"辛晴收好明信片，一双大眼睛里满是藏不住的兴奋。

迟天早已了解辛晴的家庭，明白她放假从来不回家而选择留校的原因。正因如此，两人在一起后第一个暑假，迟天才决定留在学校陪她。可现在，就因为小萌寄来的一张明信片，辛晴就要抛弃自己北上，迟天心里不免有些不快。

"喂，我可是专门退了票留在这儿陪你的，你怎么说走就走不要我了？"

辛晴看着迟天一副委屈的样子，笑道："你跟我一起呗。"

面对女友的邀请，迟天还未来得及高兴，便被脑海里瞬间冒出的种种担心吞没：第一次跟女生一起旅行，要怎样保证两人的人身财产安全？明天就走，现在订票来得及吗？攻略怎么做才合适？住宿怎么安排？

这重重考虑，倒是丝毫没让辛晴感到烦恼。她迅速拿出手机为两人订了车票，接着便要打发迟天回寝室收拾行李。

"只有未知才能带来新鲜和刺激。"离开前，辛晴冲男友眨眼睛。

迟天可不这么认为。当晚，他窝在床上，支起小桌板，浏览了无数旅行攻略，列出目的地清单，记下值得一去的景点、推荐率高的美食，以及周边环境安全的旅馆。迟天不喜欢未知，他享受的是一切尽在掌控之中的感觉。在与辛晴恋爱的日子里，迟天早已习惯她的突发奇想、她的捉摸不定、她的说走就走、她的无拘无束。辛晴就像一个充满未知的神秘精灵，这未知，让迟天着迷、沉沦、无法自拔。可当自己真要参与进这种未知时，他却有些胆怯。

三年后的今天，再次来到什刹海，骄阳不再，葱郁不再，取而代之的是一片初冬之肃杀。迟天塞着耳机沿岸溜达，漫无目的。一阵寒风吹来，他不由自主地搓搓双手，轻轻捂住耳朵。恍然间想起，曾经的冬天，小晴经常像这样搓热双手，踮起脚尖，将暖乎乎的手掌覆在自己冻得通红的耳朵上。每当这时，他便会一把将小晴揽入怀中，用双唇回应她的温暖。两人最近的距离，永远停留在了拥吻上。

虽已入冬，什刹海冰场还未开放。三年前的夏天，当迟天牵着辛晴的手漫步至此时，她满眼期待："等到冬天，我们再回来这里滑冰好不好？在冰场上，你大声唱歌，我为你伴舞。"迟天溺爱地搂过女友，柔声道："好，我答应你。"

那时的两人，并不懂得，给出承诺总比履行承诺要简单得多。

为了这个承诺，迟天学会了滑冰。可如今，独自站在冰场旁，他却只能想象着和小晴在冰面上旋转高歌的画面。

"小晴，你到底在哪儿……"

下午五点，小萌从主管处取得提前下班的批准，匆匆走进商场，直奔那件自己垂涎很久却一直舍不得买的针织连衣裙。这一次，她毫不犹豫地掏出银行卡将其买下，随即进入试衣间换好，又拿出化妆包，细细补妆。一切准备妥当，小萌这才走出商场，奔向前海东沿的烤肉季。

已是傍晚,水面依旧安静,环岸却愈显喧腾,正是岸边老字号们竞相引客的点儿。

迟天早已在店内等候。小萌走进店里,一眼便望见自己心心念念的身影。

"迟天!"

迟天闻声抬起头,看到久未谋面的好友,很是高兴,忙走过去给了她一个拥抱。小萌贪恋这拥抱的温度,纵使心里明白这不过是朋友间最简单的互动,与迟天将辛晴拥入怀中时的温暖绝不相同,但她还是觉得甜蜜不已。落座后,小萌痴痴打量着迟天愈发精致帅气的面庞。

"一年不见,你竟然比原来更帅了,是不是在韩国整容了啊?"

"哥哥我这张脸本来就帅好嘛!"迟天从来都把小萌当成妹妹一样看待。

服务员上来烤肉和麻酱火烧。迟天迫不及待地拿起火烧,一边往里夹烤肉,一边对小萌说道:"你想吃什么自己再点。我饿得抽抽儿了,就不客气了。在韩国待久了,吃什么都是泡菜味儿,天天就惦记着这口儿。"

"跟我客气什么!"小萌学着迟天用火烧加烤肉,目光却始终离不开迟天的面庞,"难道正宗的韩国料理全都泡菜味儿?"

"倒也不是,"迟天嘴里塞满了含酱滑嫩的羊肉和焦香四溢的火烧,含混不清地说,"只是在那边吃饭,都会配上一碟泡菜。日子久了,有些腻。还是我大中华博大精深、花样百出的美食让人百吃不厌。"

"那是！"小萌满心欢喜。她突然明白，为什么有人说看自己喜欢的人吃饭也是一种幸福。

"哎，说实话，喷香的麻酱火烧加上这美味多汁的烤肉，绝对是世上最伟大的发明！小时候爸妈带我来北京玩儿，吃的第一顿饭就是在这烤肉季。大学时和小晴来北京，带她来这儿，无论我怎么劝说，她也不愿意把肉夹进火烧里一口咬下去。"说到这里，迟天有些低落，不知是在与小萌讲话，还是在自言自语，"不知道小晴现在吃东西是不是还照着老习惯……"

原本沉浸在迟天帅气脸庞中的小萌像是被突然浇了一盆冷水。还没说上几句话，就主动聊到了辛晴——原来迟天依旧对她念念不忘。

"你还是没有和小晴联系上吗？"迟天问道。

"啊？"小萌一时愣住，好一会儿才反应过来。

一年前，小萌正在忙转正，收到辛晴从旅行第一站西安发来的明信片。当晚，迟天在微信上找到小萌，两人寒暄一阵，互道晚安后许久，他突然又发来信息："萌萌，你有小晴的消息吗？分手时我一时冲动，在所有社交平台上删掉了她，删完就后悔了，心里一直放不下她。下周我就要动身去韩国，很可能一年之内都回不来。好想在出国前再见她一面。很后悔，真的。我们其实可以一直走下去的。"

迟天从没给自己发过这么长一段话，小萌看完心里觉得很不舒服，将手机关机放在一边，直到第二天早上才字斟句酌地回复道：

"不好意思,刚看到。我也不知道辛晴近况。她不是说要去环游世界吗?估计现在正躲在不知哪个角落享受生活呢。"

看看桌上辛晴寄来的明信片,小萌一咬牙,将信息发送出去。

从此以后,辛晴一如既往,每到新的地方,便会给小萌寄来精美的明信片,偶尔也寄一些特产,或国内买不到的绘本。而每逢迟天问起辛晴,小萌也一如既往地回答自己和辛晴没有联系。迟天不知道的是,在辛晴旅行最初一段时间内,寄给小萌的明信片上,无不流露着对他的思念与关心。只是突然从某一天起,辛晴不再提起迟天,小萌以为,辛晴终于放下了过去。

"萌萌?"迟天伸手在小萌眼前晃两下。

她猛然从回忆中抽离:"嗯?哦……我跟晴儿……一直也没怎么联系上。"

迟天脸上掠过一丝失望。

"都这么久了,你还想着她啊?"

迟天没有说话,低头捧着火烧继续啃,却不如先前那般有滋味。

心爱的男生对过往恋人念念不忘,这的确让小萌心痛,但眼看着他英俊的面庞上浮着一丝阴云久久不肯散去,小萌更是心疼。犹豫许久,她深吸一口气,坐直了身体,强颜欢笑道:"哈哈!看把你难受的!我这儿有个关于辛晴的好消息,你听不听?"

迟天闻声猛地抬头,瞪大眼睛望着小萌,全然不顾嘴角挂着烧饼渣子的形象。小萌沦陷在这眼神里,这张面孔上的一切细节都让她着迷。她拿起纸巾,伸手过去想要帮迟天擦掉嘴角的饼渣,迟天下意识拦住她的手，接过纸巾，自己擦起嘴巴来，边擦边问："什么消息？"

"晴儿……她现在回来了，在北京。"

迟天的手呆在原地，两眼痴痴望着小萌，心里却全是辛晴的脸庞，并未注意小萌前后矛盾的话。

"其实，你不一定非要盯着一朵花。"小萌低下头轻声说道。

迟天似乎并没将这话听进去："她在哪儿？来工作还是旅游？"

小萌叹了口气："本来是来玩儿的，后来就决定留下了。她有了一见钟情的人，留下来就是为了他。"

迟天眸子里原本燃起的希望突然黯淡下去，心像被刀狠狠绞了一把："谁？"

"我也不知道。不过可以确定的是，晴儿真的动情了。"

迟天低头摆弄着手中的筷子，随即又抬起头，恳求道："萌萌，你帮我把小晴约出来好吗？"

小萌虽心中百般折磨，还是点了头。

"谢谢。"迟天情绪继续低落着，全然没有了刚才的欢乐。

小萌努力劝服自己摆出笑容在脸上，使劲儿拍拍迟天肩膀，道："行啦，未来的大明星！花园这么大，也不差晴儿这一朵。眼界放开点，说不定你身边就有哪朵不起眼的小花儿在默默关注你呢。你不经意间一句话，就会给这朵小花儿带来无限的想象空间；你随随便便一个微笑，就能让她开心一整天。"

迟天苦笑："我哪有那么大影响。"

小萌："对于一个喜欢你的人来说，你就是整个宇宙啊！"

十二

"桐叶原创文字工作室。"外卖小哥看看手中订单,又抬头望望木牌上"桐叶原创"四个大字,确认目的地后,这才停好电瓶车,卸下保温箱和被固定在箱顶的硕大比萨盒,将其整个抱起,吃力地朝一尘不染的玻璃门走去。小伙子看似二十左右的年纪,肤色健康,虽骨瘦如柴,却有着一股年轻人独有的蛮力。

水吧前,正在泡茶的舒桐见状,急忙跑去为小哥打开大门。屋内开足了暖气,小哥顿觉浑身一股暖流袭过。

"辛苦了。"舒桐将他引向水吧,帮他把食物一一取出,确认餐品齐全,又望一眼小哥冻得通红的鼻头,从暖箱拿出一瓶矿泉水来。

小伙子腼腆地笑着摆手拒绝:"谢谢,给我好评就行。"言罢,匆匆离去。

一旁高扬见状,打趣道:"全世界的劳动人民都是你兄弟姐妹。"

"可不是嘛。现在我要请兄弟姐妹们吃饭了。还不快来帮忙?"舒桐从柜中取出野餐布,在工作室空地上铺好,高扬从水吧运来食物,摆在上边。一切准备就绪,这才招呼大家。

"跟着大叔有饭吃喽!"

"谢谢舒桐哥请客!"

桐叶 er 们流着口水蜂围而来,在野餐布边席地而坐。这块蓝格子野餐布,见证了团队每一次头脑风暴的讨论和每一次加班时的聚餐。

三十二寸四合一比萨，工作室里公认最好吃的鸡蛋沙拉，六份齐全的小吃拼盘，外加人手一杯热饮——高扬呆呆地望着铺满野餐布的美食，怀疑这已远远超出八个人的饭量。

"剩了不要紧，得让大家都吃饱才行。"

"浪费粮食可耻啊！"

"谁说要浪费粮食了？"舒桐冲高扬眨眨眼，"吃完了正好，吃不完这不还有你呢。"言罢，舒桐咧嘴一笑。

高扬立刻意识到舒桐话中有话："混账玩意儿，你说我能吃是吧？我告诉你，越是像我这样的胖子，吃得越少。"一个小时后，大家"胃满意足"，高扬独揽了剩下两份小食拼盘和一块儿比萨，全然忘记自己饭前那番言论。

"吃饱了？"

"饱啦！"桐叶er们像一群孩子似的，纷纷向舒桐投去满意和感谢的目光。

"那就开始干活吧！抓紧时间，展览下午六点准时开始。"话音刚落，工作室大门便被推开，进来一位高高瘦瘦、戴黑框眼镜、着一身高定西服的男子，复古油头尽显沉稳冷静，丹凤眼目光犀利，上唇须线条硬朗，骨子里透着艺术家的范儿。

"哟！自带光环的大人物来了！"舒桐一眼望见这风度翩翩的身影，忙起身相迎。

"不过是用画笔讲故事罢了，哪儿来的光环。"温文尔雅的男子，声音低沉浑厚。

两人拥抱，默契有力，透着老朋友的亲切与诚恳。

"来，介绍一下！丁一，我大学时文学社的好哥们儿，著名绘本作家。小瑜前几天上班偷懒看的那套'画给大人们的童话'系列，作者就是他。"舒桐笑着看了小瑜一眼。

小瑜姑娘顾不得老板加重语气的"偷懒"二字，只是痴痴望着丁一，如小粉丝见到偶像一般："我知道我知道！丁一老师的绘本我基本买全，今儿全带来了，您能给我签名吗？"

"谢谢您这么支持我。"丁一一副受宠若惊的模样。

"赶紧开个你自己的工作室，把这丫头撬走吧。"舒桐开玩笑道。

"我可没你那么大的胆子，也没你那高智商的头脑。"丁一转身对工作室的桐叶er们说道，"你们这位大Boss，大学一毕业就环游世界，等到身无分文吃了上顿没下顿的时候，却突发奇想要开工作室，找投资碰壁碰得是头破血流，后来终于找到我借钱。我抱着打水漂的心态把钱借给他，没想到人家愣是用不到一年的时间就连本带息还清了。"

"可不是么，那段日子现在想来依旧让人揪心。"舒桐眼里全是回忆，"你们都还没来的时候，为了省钱，我买来材料和工具，自己装修工作室。这家伙一边骂我一边帮着刷墙，赶都赶不走。没有他，就没有你们现在这清新别致的工作环境。丁一虽然不在这儿与我们一起搞创作，却是桐叶原创元老级的大Boss。"

"你这个忘恩负义的家伙，"高扬闻声举着正在啃的最后一根鸡翅，满嘴油乎乎地朝这边喊道，"要这么说，我也得是元老级Boss！虽然没出钱，但出了大力啊！你那张办公桌，还是我高扬辛辛苦苦给你装的呢！"

"是！是！"舒桐哈哈大笑，"高元老也是咱们的大Boss！"

闲叙完毕，大家在舒桐和丁一的带领下，开始为晚上的展览做准备。撤桌椅、摆展架、上绘本、搭横幅、贴海报……四点整，预订的餐厅送来冷盘和红酒；五点，一切就绪。

夜色来得愈发得早。

亮了灯的窗前，辛晴为游记敲上最后一个句号。抬头望望昏暗的窗外，她伸了个懒腰，关掉电脑，起身换好衣服，带着充满电的相机，又习惯性拿上三脚架，走出家门。

来到小萌公司楼下，看一眼手表，离下班还有半小时。

这栋高高的写字楼里，一定有无数个像小萌这样的姑娘，在条条框框中努力奋斗着。辛晴突然庆幸自己当初没有做出违心的选择。不管过去曾发生了什么，辛晴依旧是那个自由自在奔跑的姑娘，带着沾满血泪的伤痕，脚步却从未停下。

发呆的空当，辛晴突然被不远处一位手拿相机的男生吸引了目光。只见他正心急火燎地打电话："你要现在不把三脚架还给我，我就得被老板炒鱿鱼了！"电话里的人似乎没法及时赶来，男生急得直跺脚，"是你旅游重要还是我饭碗重要？我都跟老板立军令状了，今晚一定给公司拍出合格的素材！我在楼下准备进去了！什么？明天才回得来？你这是要我命啊，姑奶奶！"

电话那边似乎先挂断了，男生又急又气，恨不能摔了手机。

辛晴见状，走过去，指着男生手中的相机："Canon EOS－1DC？"

"啊？"面对突然出现的陌生姑娘，男生一时愣住，随即反应过来，"对啊！"

"室内取材？"

男生点头。

"这个型号可以用，高度也够。"辛晴从包里拿出三脚架，"借给你。"

看着姑娘友善的微笑，男生心中充满感激，加之这的确是关乎工作存亡的事，男生便想接过姑娘主动奉上的救命稻草，却碍着陌生人的面子，有些犹豫："谢谢您了先！不过我这得用一晚上呢，看您也背着相机，也是要去工作吗？"

"没关系，我只是去一个绘本展随便拍些照片，没有被老板炒鱿鱼的风险。"辛晴开玩笑道。

"那……"男生思量半天，想想自己在老板面前信誓旦旦的模样，终于从辛晴手里接过三脚架，"这样，您记下我电话，给我回拨过来。我叫刘青阳，明天一定把东西还您。"

两人互相记好手机号，男生又连连道谢，之后便匆忙走进楼内。看着他离去的背影，辛晴突然忆起半年前在美奈的日子。

那是一方被色彩眷恋的土地：蓝天大海，绿意椰林，白沙红溪。海滩上鳞次栉比的酒店与零落散布在椰林间的渔家形成鲜明对比，风情别具，人情味不减。辛晴仿佛来到了摄影的天堂，只恨自己没有生出三头六臂来。

月牙儿般的渔舟上,一位精瘦而健壮的渔民见辛晴的镜头对准自己,立刻龇牙咧嘴地笑,露出一口参差不齐的大白牙,又伸出双臂展示自己健硕的肌肉。辛晴十分满意这位素不相识的模特,不停地按着快门。逆光拍剪影,完美记录下渔民肌肉的曲线;换个角度,拉焦段调光圈拍特写,古铜色皮肤、肆意的笑容、额头上沁出的细细汗珠,通通被留在辛晴的镜头中。

辛晴只顾拍照,丝毫没有意识到身后有一双眼睛一直在盯着自己。渔民见一双脏兮兮的手伸进姑娘放在地上的背包里,着急地指着她背后大喊。辛晴拍在兴头上,被模特突然的举动吓了一跳,却一个词儿也听不懂。看了渔民眼睛里的慌张,她急忙转身。

一个八九岁模样的本地小男孩,赤裸着瘦骨嶙峋的上身,一条破破烂烂的大裤衩挂在突出的胯骨上,好像随时能掉下来似的,极不合身。他从辛晴背包里抽出相机三脚架,转身便跑,一边跑一边时不时提提快掉下的裤衩。辛晴急忙过去,拾起背包,拔腿就追。男孩闻声扭头望一眼辛晴,加快了逃跑的步伐。辛晴觉得无奈又好笑:钱包就在三脚架旁边,这孩子却放着钱不拿,偏要偷自己的三脚架。他到底要干吗?从男孩望向自己的眼神里,辛晴看不出任何惯犯的痕迹,只看到了惊恐和些许兴奋。或许是出于好奇,辛晴刻意放慢脚步,和男孩儿保持着固定的距离。

跟着偷三脚架的男孩儿,辛晴离开沙滩,来到一片椰林之中。在一个简陋破旧的木制棚屋前,男孩儿停下,回头看一眼跟上来的辛晴。辛晴站定,看到门前椅子上,坐着一位中年妇女,穿着同样破旧的裙子，面前木盆里装满衣物。男孩儿的五官，同女人简直一模一样。只见她一只脚不停地踩着盆中衣物，偶尔下手搓洗两下，另一条腿被布包着膝盖，却看不到膝盖以下的部分。

辛晴意识到，这是个残疾人，是男孩儿的母亲。男孩儿站在女人身边，将三脚架藏在身后，警惕地望着辛晴。

女人抬起头，顺着男孩儿目光看去，发现了不远处的陌生姑娘，再看看男孩儿背后的东西，好像突然明白了什么，脸上掠过一丝愤怒，一把将男孩儿拽过，扒下原本就快跑掉的裤衩，朝着屁股就是狠狠一巴掌。

黑漆漆的小屁股顿时有了血色，男孩儿哇哇大哭。

辛晴被这突如其来的巴掌吓了一跳，急忙冲过去将孩子从女人怀里拉出来。女人面对男孩儿，嘴里叽里呱啦不停说着辛晴根本听不懂的话，男孩儿趁机跑到墙脚，怀里依旧死死抱着三脚架。女人又把目光转向辛晴，用比刚才更柔和的声音说着什么，脸上还带着些愧疚与不好意思的尴尬笑容。

辛晴慢慢说汉语，女人听不懂；一个词儿一个词儿说英语，女人还是摇头。正当辛晴发愁怎么劝她不要打孩子时，一旁沉默许久的男孩儿突然开口了，他冲女人大声嚷嚷，还做出把三脚架夹在胳膊下，抬起一只脚，利用三脚架的帮助走路的姿势。墙边是几根折断了的木棍。

辛晴突然明白，男孩儿为什么放着钱包不拿，偏偏偷走三脚架。他是在为残疾的母亲寻一根结实的拐杖啊！

失去母亲时，自己大概和这孩子差不多的年纪。看着面前的女人、一脸委屈的孩子、破旧不堪的木棚和周围垃圾场一样的环境，辛晴只觉一阵心酸。她伸出双手，脸上露出友善的微笑，跟男孩儿打招呼，然后蹲下身，看着男孩儿母亲，指指男孩儿手中的三脚架，再指指自己，摇摇头。辛晴不知道这位母亲有没有明白自己的意思。她要把三脚架留给母子俩。

女人似有所领悟，眼里流露出感激来。

辛晴笑着与她道再见，站起身，冲男孩儿微笑，转身离开。

不知道现在母子俩的生活怎样——辛晴惦记着。

五点半，小萌准时从楼里走出，一眼便望见正在等待的闺蜜。眼看时间不早了，两人急忙打了出租车，直奔桐叶原创文字工作室。

"亲爱的，你有什么想要的绘本，尽管告诉我。以后要是遇到了，我还替你买下来。"车上，辛晴举着相机，一边尝试拍流动的夜景，一边和小萌聊天，"我之前跑世界各地给你淘的那些绘本，你可一定要好好珍藏。很多都得来不易，有一些还是我费了九牛二虎之力才要来作者签名的呢。"

小萌"哦"了一声，有些支吾。

辛晴继续道："你现在收集的绘本数都数不清了吧？有空带我去你家饱饱眼福呗。"

小萌不敢告诉辛晴，为了给父亲治病，自己几年来收集的上千绘本，已经卖得差不多了。她担心辛晴觉察出什么来，便急忙转移话题："你怎么这么早来找我啊，等很久了吧？天那么冷……"

"没事儿。习惯了提前赴约。"辛晴收起相机，跟闺蜜讲起借出三脚架的事来。言罢,补充道:"那男生最后进了你们楼里,说不定你俩还见过呢。"

"你就这样随随便便把东西借给陌生人?"小萌瞪大了眼睛。

"我们留了电话,他明天就还我。"

"我说你是不是缺心眼啊?万一他起了贪念,换了手机号从此拿着你的三脚架消失不见怎么办?"

"只是一个三脚架而已,"辛晴哭笑不得,"又不是什么特别贵重的东西,值得人家'换手机号消失不见'吗?"

"唉,真不知道像你这种爱心泛滥、对陌生人毫无戒备的人,怎么能安然无恙地在外漂泊一年。"说出这话时,小萌并未注意到辛晴脸上微妙变化的表情。

"倒不是毫无戒备,只不过经历得多了,自然会分辨好坏。"辛晴望向窗外,若有所思。

十三

出租车在写有"桐叶原创"的木牌前停下,时钟恰好走过六点。两人匆忙下车。推开玻璃门走进工作室,小萌兴奋地差点叫出声来。辛晴见状,甚是不解:"怎么了?"

"难怪舒桐哥给我发短信时说这其实就是一场私人聚会,你看,来的全是绘本圈儿里有头有脸的人物!看来丁一不仅有天赋,人脉还挺广!天哪!我那些珍藏本的作者们都在这儿!早知道就把书全带来,找他们签名了!"话说出口,小萌才反应过来:自己手里哪还有价值高的绘本？能换钱的都已出手。

可辛晴并不知道:"你想要签名？我现在去你家帮你取吧。反正我对这个圈子不了解，这种私人聚会参不参加无所谓。"

小萌急忙拉住辛晴:"不用不用，你可不能走！我还指望你帮我跟大牛们拍合影呢！另外，还想让你和舒桐哥认识认识，都是感染了文艺细菌的人，你俩肯定特能聊得来！"说罢，便拉着辛晴走进人群。

小萌的目光在屋内搜罗一圈，没看到舒桐人影儿，心里又痒痒着要和绘本作者们交流，神情不免有些着急。辛晴看到闺蜜望向人群的迫切目光，忍俊不禁:"去吧去吧，我自己转转就好。不过可别走丢，我手机没电了，会联系不上你的。"

小萌乐呵呵地朝被人群围住的丁一走去。

屋里正放着 The Spinto Band 的 Cookie Falls，音量恰到好处，不会聒噪，又能听清每一句歌词。

辛晴四下打量。

玻璃门边，木制大花架上有层次地摆着十多盆绿植，其中两盆朱砂桔恰逢果熟期，一个个果子金灿灿红橙橙。辛晴只觉新奇——这产自南方的朱砂桔竟能在京城的冬天长势如此喜人，主人定花了不少心思。水蓝色墙壁上，几幅撞色抽象挂画甚是眼熟。想到自己曾在巴黎街头偶遇一位流浪画家，出自他手的画作便与此时眼前挂画的风格如出一辙。莫非将画挂在这里的人曾走过相同的街道？见了同一位艺术家？

辛晴正凝神望着挂画，突然嗅到一股清甜的白茶味。寻香望去，发现水吧台中央点着几支 Yankee 香薰蜡烛。这股怡人清香，瞬间将辛晴拉回在 Elkins 小镇上的日子。

那是美国西弗吉尼亚州一座绿意盎然的小镇。由于地处山区，较为偏僻，镇上建筑又普遍较矮，站在任何一条街道上，寻着任何一个方向望去，皆能看到被葱郁森林覆盖的山。眼里如画的风景，自然带来了内心的祥和安宁。小镇虽不富裕，可这里民风淳朴，居民们的目光干干净净，一与人对视，便漾起柔和的笑意。

那日，辛晴一早搭车来到这里，为了一睹别人口中"欠发达地区"的真容。她从不盲目相信他人对一件事物的评判，而是选择用自己的双眼去观察，用自己的内心去感受。"别人怎么看不重要，自己的想法才是最真实的。"辛晴曾这样鼓励迟天。

和煦的阳光中，她全神贯注为路边一朵小花拍特写。末了抬起头，方才发现不远处一座被刷成薄荷绿的民居门廊里，坐着一位金发碧眼的姑娘。姑娘膝上放着画板，手中握着铅笔，身旁是散落一地的画具。她时而抬头望向辛晴，时而低头着笔绘画。发觉辛晴正看着自己，姑娘停笔对她微笑。辛晴回以善意的笑容，向她走去。姑娘放下画板，起身，热情冲辛晴打招呼。

辛晴操着流利的英文和姑娘聊天，得知她刚刚画的正是痴迷于摄影中的自己。用镜头捕捉风景的自己，恰成了别人笔下的风景——辛晴心里涌出一股说不出的美妙感觉。

姑娘邀请辛晴在一旁吊椅上坐下，用一双充满好奇的碧蓝色大眼睛望着这位来自遥远东方的游客。皮肤透白，身材微胖，高挺的鼻梁两旁附着调皮的小雀斑——姑娘身上有着一股讨人喜欢的可爱。

聊天中，辛晴得知，姑娘名叫Alisa，刚结束SAT考试，正闲在家里做些自己喜欢的事情。知道辛晴大学毕业便开始四处旅游后，Alisa羡慕不已，决定从现在开始努力兼职赚钱，等自己大学毕业时也要像辛晴一样环游世界。两个来自不同文化背景的姑娘，越聊越投机，不知不觉中，一个小时过去了。辛晴突然意识到，自己一时兴起来到这陌生的地方，还没来得及找旅馆，便忙跟Alisa解释并道别。不料，Alisa竟一把拉起辛晴，兴高采烈地朝屋内冲去。

一股清甜香气扑鼻而来。屋内陈设虽略显陈旧，却干净整洁，淡绿色墙面、木制家具、碎花窗帘——处处透着浓浓的田园气息。Alisa大声叫家人们过来。母亲最先从厨房探出头来，看到站在女儿身边的陌生姑娘，热情打招呼；父亲慢悠悠地回应着女儿，从书房走出；最后来到客厅的是一位瘦瘦高高的男生，有着和Alisa一模一样的眼睛。

突然被曝光在一群陌生人面前，辛晴不免局促。可这家人似乎天生具有一种魔力，能让人在他们面前轻易打开心扉。Alisa向家人们介绍辛晴，又向辛晴介绍自己的家人，不亦乐乎。

已临近中午，一家人邀请辛晴用餐，迫切想听辛晴讲述自己的故事。拗不过四双热情的眼睛，辛晴只好答应。饭桌上，气氛融洽至极：父亲幽默、母亲温柔、哥哥酷爱搞怪、妹妹活泼可爱——辛晴好生羡慕。Alisa毫不掩饰地向父母表达自己对辛晴的喜欢，提议让辛晴在家里留宿，以教自己中文作为交换条件。

辛晴差点被嘴里的面包噎住，看着Alisa——这姑娘，也不问问自己愿不愿意就自作主张。更令辛晴吃惊的是，Alisa 父母竟然毫不犹豫地答应了，并询问辛晴能在这里住多久。

辛晴告诉大家，由于签证即将到期，这是自己在美国停留的最后一周，接着便礼貌地回拒留宿的邀请。Alisa 做出一副楚楚可怜的表情，伏在辛晴肩上连连说着"Please"。看看一家人善意的微笑，辛晴终于决定放下自己一路以来的戒备，接受了邀请。Alisa 兴奋地尖叫，大家纷纷捂住耳朵。

酒足饭饱，挪至客厅。辛晴一眼望见桌上一罐点燃的白色蜡烛。Alisa 母亲告诉她，这是 Yankee 香薰蜡烛，屋里弥漫着的淡淡清甜香气便是这蜡的味道。在 Elkins 小镇停留的日子里，这股清甜始终萦绕在辛晴鼻尖，正如那深深烙在辛晴心里的温馨一般。这温馨，是辛晴从未感受过的家的温暖，是 Alisa 的热情，是她家人们浓浓的善意。

与 Alisa 一家相处的日子，是辛晴在美国最开心的时光。临别前夕，Alisa 送给辛晴一个盒子，里边有一幅画，名为"摄影的女孩"——正是两人初见时所作，还有一张自制的捕梦网。这份礼物，自此便始终跟在辛晴身边。

屋内音乐换成了《Memo》——依旧是 The Spinto Band 的歌曲。紧凑的节奏立刻将辛晴从回忆中拽出。她举起相机，欲拍下工作室里一个个充满特色的角落。镜头一晃，取景器目镜中突然出现一个身影。

干净利落的背头、棱角分明的脸庞、俊俏笔挺的鼻梁、线条柔和的下颌——辛晴手一抖,拍出自己来京后第一张糊掉的人像。心跳骤然加快,一股热血冲上脸颊。她颤抖着双手,缓缓放下相机,呆望着这张侧颜。

刚打完电话回到工作室的舒桐,端着高脚杯,满面笑容地与一位大胡子绘本作家交谈。一身挺直的灰色格子西装,透着典雅自信,举手投足间风度翩翩,就连工作室里朝夕相处的几个女孩子,得空也忍不住会朝他多看两眼。舒桐与"大胡子"碰杯,正欲饮一口红酒,余光突然瞥见不远处,一位姑娘正望着自己。

小巧精致的脸庞,无比澄澈的目光——舒桐心如鹿撞,仿佛回到了不久前在旧书店的那个下午。

辛晴与舒桐,隔着不足三米的暖暖空气,望着对方的脸庞。两双眼眸里的惊讶,在三秒对望之后,化为满满的、温柔的笑。

舒桐与"大胡子"打声招呼,大步朝辛晴走来。

"我以为你已经离开北京了。"舒桐努力控制着内心的兴奋,满眼温柔里却仍不免流露出喜悦来。

辛晴摇摇头,迎着大叔的目光,道:"您……是绘本作家?"

大叔笑了,原本略带稚嫩的脸庞,现出两道法令纹,显尽成熟的魅力:"我不是绘本作家,这是我的工作室,今天主角是我好哥们儿。"

"The Spinto Band。这儿一直在放他们的歌。"

"我喜欢有故事的嗓音。"

"大晴子!舒桐哥!"小萌端着盛了水果的盘子,边吃边朝两人走来,"我还琢磨舒桐哥去哪儿了呢,没想到你俩早就聊上了!"

"这位就是你要带来的朋友？"舒桐恍然大悟。

"对！"小萌硬往辛晴嘴里塞了一颗圣女果，"这就是我好闺蜜，辛晴！你俩继续，我就不打扰了。"说罢，小萌又风风火火地回归人群之中。

"您就是'舒桐哥'？"辛晴用手挡住嘴巴，咽下圣女果后问道。

"叫我舒桐就好。或者'大叔'，大家有时也会这样叫我。"

"为什么叫'大叔'？"辛晴终于得以亲口问出这个让她疑惑很久的问题。

"有一年夏天我去泰国旅行，找灵感，回来后，皮肤晒黑了，还留着小胡子。因为这副沧桑的样子，大家就开玩笑，开始叫'大叔'。"

辛晴想起，小萌和自己说过，舒桐与小萌表姐曾一起走遍各地，有一段长达五年的恋情。不知现在舒桐口中的泰国之行，是否也有前女友参与其中……

辛晴突然不知该说些什么，望见一旁的绿植，便随口问道："这些朱砂桔，是您养的？"

"对。"舒桐点头，"看着它们，无时无刻不提醒着自己异乡人的身份。长势虽喜人，味道却差远了。"

"您是南方人？"

"不是。不过朱砂桔的颜色，与墙壁撞色刚刚好，样子也喜庆，就搬来工作室里养着了。"舒桐发觉辛晴是位充满好奇的姑娘，也对她好奇起来，"说说你吧。摄影师？"舒桐指指辛晴手中的相机。

"算不上。"辛晴腼腆地笑了。这笑容，早已让舒桐沦陷其中。

"算是摄影爱好者。"辛晴接着道,"过去一年多,一个人在旅行,途中摄影写游记,赚取旅费。"

"小姑娘胆子还挺大。"舒桐开起玩笑来,言语中也是掩不住的爱怜。

"听小萌说……您也喜欢旅行?"辛晴试探地问。

"是啊。最近两年才爱上独自旅行。曾经在网上看过一篇欧行游记,里边有句话我记得特别清楚:一个人旅行,不用妥协和迁就……"

"只要做最简单纯粹的自己就好。"辛晴立刻笑着接道。

舒桐瞪大眼睛:"你也看过这篇游记?"

"这是我写的。"辛晴哈哈大笑。

舒桐恍然大悟:"旅行网站上那些署名为'晴'的游记和摄影作品……"

辛晴点头,微笑着肯定了舒桐的想法。

两个小时的展览,舒桐再没离开过辛晴。两人靠在水吧边,聊旅行、聊人生、聊生活里种种美好的小细节。舒桐始终被辛晴的双眸吸引着。那澄澈至极的目光,就像从未被污染过一般。他明白独游的艰辛,想象得到一个柔弱的姑娘独自在外流浪定会遭遇很多故事。可他无法理解,见过了这世界的眼睛,怎还会有这般一尘不染的纯真。舒桐想了解辛晴的故事,想走进她的生活,想参与她的未来,想拥有这澄澈的双眸……

展览结束,舒桐不得不暂时离开。

"稍等一会儿,"舒桐道,"我马上回来。"

辛晴点头。

从小到大，自己从没和任何人有过如此长时间的交流，从没说过这么多话又不觉得累。就连初恋迟天，也不曾与自己有过这种交心的感觉。辛晴想将这对话继续下去，想了解舒桐的过去，想成为他的现在……

送走丁一和一众作家，婉拒了聚餐的邀请，舒桐回到辛晴身边，高扬和小萌也跟了来。

"介绍一下呗。"高扬直勾勾望着辛晴，一脸坏坏的笑，"看你整晚都和这位大美女腻在一块儿。"

小萌似乎也觉出了什么，趴在辛晴耳边悄声问道："你俩怎么回事儿？"

"他就是大叔。"辛晴轻声回话。

"他就是大叔？！"小萌吃惊地叫道，随即又忙捂住嘴。为时已晚。高扬听到，不知两个小姑娘为何会有这般反应。舒桐却会心地笑了。这一笑，辛晴立刻红了脸。

"这位是我们工作室的活宝，也是我好兄弟，高扬。"舒桐向辛晴介绍，"写得一手漂亮的软文。"

"哪有，就是一跑腿儿打杂的小弟罢了，才没舒桐这么有才。妹妹，以后想干什么，不用找大叔，找我老高就成，哥哥带你游遍这四九城。"高扬一脸笑眯眯。

"您好！"辛晴微笑，"我叫辛晴，晴天的晴，小萌闺蜜。"

"你一会儿……有事吗？"舒桐小心翼翼地问道。

辛晴摇头。

95

"一起吃夜宵吧？刚才站了那么久，现在肯定又累又饿。"经历了过往，舒桐早已学会争取自己的幸福，因此发出邀请时并无丝毫迟疑。遇到喜欢的人，就不要轻易放过。

辛晴还未回答，一旁的高扬和小萌便纷纷凑热闹，起哄说要一起去。舒桐爽快答应。早就看出舒桐心思的高扬和深深明白辛晴心意的小萌，不容辛晴说一句话，便拥着他们走出工作室。

"想吃什么？"舒桐锁好门，追了上来。

"吃烤串喝啤酒！"高扬立刻回答。

"我想吃碗拉面！"小萌摸着咕咕叫的肚子。

舒桐走到辛晴身边："你呢？"

"听他俩的吧。"辛晴痴痴闻着舒桐身上淡香水的味道，没有心思去考虑食物的问题。

"那就去拉面馆吧。"高扬摆出一副大方的样子来，"听妹妹的。"

一行人有说有笑朝马路对面不远处的拉面馆走去。

一辆货车呼啸而过，舒桐下意识地伸手护住走在人行道边的辛晴，并将她拉到路内侧。高扬将这一切都看进眼里，趁两个姑娘不注意，他一把拽过舒桐，悄声问道："你拒绝林熙，是因为这姑娘？"

舒桐笑着，没有回答。

"不说话，那就是默认喽？你放心，兄弟我一定帮你把姑娘追到手。"高扬冲他眨巴一下小眼睛，自以为很有魅力。舒桐被这表情逗得忍不住笑出声来。

晚上八点多，拉面馆里依旧热闹非凡。

落座后，舒桐向服务员要来餐巾纸，捂住了鼻子。

"不好意思，有鼻炎。"见辛晴送来关切的目光，舒桐解释，"天儿一冷就不舒服。"

"很严重吗？"

"已经有息肉了。"

"那就快去治啊，"辛晴心疼道，"息肉可以做手术切掉的。不能一直这样下去，不然多难受。"

"行，这两天就去医院看看。"

一旁正在喝水的高扬听到这番对话，突然呛到，一口将水喷出，对面小萌身上立刻"挂彩"。

"不好意思！"高扬忙道歉。

小萌递来纸巾："没事儿。"

高扬擦擦嘴，一脸吃惊地望着辛晴："妹子，你简直是神一般的存在！哥哥我无数次劝这家伙去做手术，可人家死脑筋愣是不答应！怎么今儿到了你这儿，你这随口一句，他就答应了呢！"

辛晴听罢，强忍住内心的欢喜，调皮地望向舒桐："竟然还有这事儿？"

小萌也在一旁起哄，学着辛晴的模样和语气问道："竟然还有这事儿？舒桐哥哥，你好好跟我们解释一下呗！"说罢，一脸坏笑地冲辛晴使个眼色。只是此时，辛晴眼里，只有舒桐一人，丝毫没有觉察到小萌递过来的眼神。

服务员端来面和小菜，将舒桐从不知如何解释的尴尬中解救出来。看到食物，高扬和小萌纷纷闭上嘴巴，拿起筷子开吃。舒桐注意到，辛晴正将碗里的牛肉和青菜分开，拨在两边。

"不喜欢吃肉？"

"没有啊。"习以为常的辛晴不明白舒桐为何冒出这个问题。

倒是小萌反应快，解释说："我们家大晴子是个有强迫症的奇葩，必须得有层次地吃东西，从来不会把超过一种食物同时放进嘴里。比如汉堡，她能分成四次吃：先吃顶层面包，然后是生菜，接着吃肉，最后是底层的面包。"

舒桐觉得很有趣："哈！还有沙拉酱呢！"

高扬急忙举手："我知道我知道！一定是像这样舔着吃啦！"说罢，伸出舌头，夸张地舔空气。

舒桐无奈，轻声道："没正形。"两位姑娘倒是被逗得哈哈大笑。

从拉面馆走出，已过九点半。夜色中，城市被灯光打上一层魔幻的质感。无数灵魂在这充满诱惑的质感里，沦陷、麻醉、堕落，却也寻觅、旋转、升华。

"你们住哪儿？我送你们。"舒桐看着两个姑娘。

"萌妹子我负责安全护送回家，你只送晴姑娘就行。"高扬将一只手搭在小萌肩上。

"舒桐哥，我们家大晴子就交给你喽！"小萌嘻嘻哈哈，拉着高扬转身就走。

剩下舒桐和辛晴二人，站在面馆门口。

舒桐望着辛晴，辛晴看着舒桐。一阵沉默，两人忍不住默契地笑了。怀揣着同样的心意，却独独隔层薄薄的窗户纸没有捅破，这种感觉，已是许久未曾感受。

十四

舒桐带着辛晴回到工作室门口，拿出车钥匙开动停在路边的一辆白色SUV。

"上车吧。"他打开副驾车门，贴心地用手挡在门框顶部。在舒桐面前，辛晴早已收起始终压在身上的小心翼翼和重重戒备。她上了车，系好安全带。

"你家在哪儿？"

"魏忠路边的家属院。"

舒桐发动车子，打开暖气，调好对着辛晴的出风口："好巧，我家也在魏忠路附近。"

车外被冻住的空气，丝毫没有影响车内暖暖的氛围。辛晴被舒桐身上的淡香水味拥抱着，脸颊泛起微微红晕。她喜欢初见时他一身休闲又不失风度的着装，也喜欢此时此刻他全身上下令人沉迷的成熟文雅。她知道他能抱着一本诗集安静地读一下午，可聊天中的举止谈吐，又丝毫没有呆板的书生气。他的眼睛——尤其是那双眼睛——望向自己时流露出的情感，毫不掺假。

他让她觉得安全。她读懂了他真诚的目光，只等他一句话捅破窗户纸。只是，自己如今真的做好准备了吗？

辛晴已丧失主动的勇气，她需要别人给自己一把推力。

家属院中，车在一排红色墙面的五层居民楼下停住。

"我家也在这样的老房子里。"舒桐打量着窗外。

"老房子有故事,总会给人带来灵感。"

她能轻而易举说出自己的感受,舒桐惊异。

"如果可以,欢迎来我家做客。"

"谢谢你……"辛晴对舒桐已不再用"您"来称呼。

"不客气。"舒桐望向辛晴,正撞上她朝自己看来的目光。他停顿一下,继续道,"我能留下你的号码吗?"

辛晴笑了。两人交换手机。

不远处一辆停在路边的黑色商务车内,辛明义将这一切都看在眼里。见辛晴和陌生男子纷纷打开车门,辛明义也下了车,朝两人走去。

"回去吧,不早了。"

"我看你上楼再走。"

辛晴满心温暖,刚欲转身,便一眼看见了父亲。

"一个女孩子,这么晚跟陌生男人一起回家,成何体统!"辛明义没有压制住自己等待了一个多小时的愤怒,"打你电话又关机,怎么,现在连我这个当爸爸的想联系你都得提前预约不成?"

辛晴被突然出现的父亲吓了一跳,现在又莫名其妙受到一通指责,还是当着舒桐的面,她心里不免窝火。

"这是我朋友,送我回来而已。"辛晴努力克制着自己,"我和小萌去看展览,手机没电了。"

舒桐虽觉有些尴尬,却也忙对辛明义微笑并解释道:"您好!我叫舒桐,是辛晴的朋友,因为太晚了怕不安全,所以送她回来。"

辛明义瞪了舒桐一眼,没有理他。舒桐突然觉得这张面孔甚是熟悉,似乎在哪儿见过。

辛明义从兜里掏出一张纸条递给女儿:"我来是想看看你在这边是否住得惯,顺便告诉你,明天小雪阿姨会在家里准备晚餐,想请你回家吃饭。这是咱们家地址。本来觉得你自己去就可以了,谁想到你太不让人省心!明天晚上我派人来接你!"

辛晴咬紧嘴唇,接过纸条,看都不看一眼就塞进包里,冷冷说道:"我知道了。你可以走了。"

"我看你先回去。"

辛晴没再理睬父亲,跟舒桐打了声招呼,让他放心。舒桐微笑着:"回去吧,早点休息。"趁辛父不注意,又做了一个打电话的手势。辛晴转身离去。辛明义看着女儿的身影消失在单元楼里,扭头盯着舒桐。

舒桐始终带着礼貌的微笑:"那我也走了,伯父再见。"见辛父没有回应,只是冷漠地盯着自己,舒桐也不生气,转身走进车内。

舒桐的车子驶过拐角,辛明义这才上车,示意司机:"追上刚才那辆白色SUV,远远跟着就好。"

舒桐并未发觉有人跟踪。回家路上,脑海里全是刚刚辛晴和父亲之间剑拔弩张的画面,心中不免疑惑。辛明义跟着舒桐进了路对面不远处的小区,看到车在一座单元楼前停下。舒桐下车走进楼内,两分钟后,顶层一窗口亮了灯。

辛明义拿出手机,拨通电话:"小王,帮我查一个叫舒桐的人,住在馨怡小区九号楼三单元,五楼东户。"

锁好家门,回到卧室,又随手插上屋门后的插锁,辛晴这才拿出父亲给的纸条,呆坐在床上。纸条上,是一个完全陌生的地址。这是父亲的家,不是自己的家。自己在南方小城里的家,早在辛晴七岁生日当天,就已支离破碎。辛晴记忆中的童年,只有两件事:争吵和车祸。

已记不清从何时开始,年幼的辛晴再也看不到母亲的笑脸,幼小的身体慢慢习惯了每天在惊恐和不知所措中颤抖。父母的争吵、邻居围观时的窃窃私语、每晚给父亲打来电话的陌生阿姨、母亲独自坐在黑暗里号啕大哭……记忆的碎片压得辛晴喘不过气来,可她却仍控制不住自己,受虐般在这碎片中狂奔,越是被扎得遍体鳞伤,就越能感受到一种病态的痛快。

隔壁奶奶告诉还不懂事的自己,父亲出轨了。六岁的辛晴,不明白这个词是什么意思,只知道母亲一切痛苦的来源,就是这万恶的"出轨"二字。她开始学着用小手为母亲擦拭眼泪,学着在父亲被陌生阿姨叫走之后,去厨房踩着小板凳为母亲开火做饭。辛晴知道,父亲不爱母亲、不爱自己、不爱这个家。辛晴说:"没关系,妈妈,我会一直爱你。"

这一年,她突然长大。

七岁生日那晚,隔壁奶奶为辛晴送来蛋糕。辛晴这才知道,原来今天是自己生日。母亲谢过奶奶,放好蛋糕,蹲下身抚摸着女儿的脑袋。红肿的双眼里,是数不尽的愧疚。

"妈妈,我给你切蛋糕吃,好吗?"辛晴兴奋地抱起蛋糕跑进厨房。

母亲欲跟来,房门却突然被打开。父亲回来了,带着那位整日来电话的阿姨。辛晴听到父亲声音,便多切了一块。两只小手颤巍巍地端着两块不成形的蛋糕,走出厨房,却正看到父亲一巴掌扇在母亲脸上。

母亲颤抖着,哭着冲出门外。辛晴呆在原地,她不知道刚才发生了什么,脑海里全是母亲在父亲咒骂声中离去的背影。凄厉的刹车声传入耳中,辛晴只记得,楼下一阵惊恐的尖叫,隔壁奶奶跑进屋时神情慌张,还有父亲和陌生阿姨突然被恐惧吞噬的面孔。

大人们纷纷离开,奔下楼去。留下小小的辛晴,呆呆地站在原地,脚边是掉落的蛋糕。这个刚满七岁的小姑娘没有哭,只是浑身开始止不住地发抖。她缓缓挪着步子,走到窗前,踩上小板凳,探头向下望去。

母亲躺在血泊中,脸朝着家的方向。

辛晴安静地从小板凳上下来,用手擦掉凳子上的鞋印,把凳子摆放在墙角——母亲收拾房间时,最爱把这把小板凳放在这个位置。她走进厨房,拿起刀,认认真真地切下第三块儿蛋糕放进纸盘里,端出厨房,来到客厅。

年幼的辛晴知道母亲回不来了,可还是乖乖地在沙发上坐好,捧着蛋糕望向家门口,等着听那熟悉的高跟鞋上楼的声音……

母亲葬礼之后,辛晴被送到寄宿学校,从此,便没有了家。

记忆的黑洞，一点点吞噬着辛晴。

墙角的小夜灯，亮着黑暗里唯一一丝安慰。辛晴闭着双眼躺在床上，听着时钟嘀嗒前进的声音，紧握的手中是被揉成一团的纸条。

办公桌前，辛明义翻开秘书刚送来的文件夹。

"舒桐，男，30岁，桐叶原创文字工作室创始人……"辛明义认真读着调查报告，了解着这位深夜送女儿回家的男子。十几年来，他一直固执地在用自己认为最好的方式弥补女儿，却从不考虑女儿是否需要这样的弥补。如今，即将年过半百的他，明显觉察身体不如从前，便铁了心要将女儿留在身边培养——为钱奔波了半辈子，辛明义绝不会让公司落在外人手中。

临近傍晚，他收好文件夹，拿出手机拨通了女儿电话。

辛晴本不愿踏入父亲家门，和她恨了十几年的人同处一室。可隐藏在内心深处那对父亲仅存的一丝希望，还是让她在接到父亲电话后，答应了他的邀请。

辛明义派司机将辛晴接到位于京郊高档小区的别墅前。

下了车，看着眼前这气派的小洋楼，辛晴脸上只有冷漠。一个女人堆着满脸热情的笑容出门迎接。辛晴记得这张脸。不管岁月在这脸上刻上了多少痕迹，她依旧能在人海中立刻认出这张当初把父亲从母亲身边夺走的脸。

"小晴，你来啦！"女人亲昵地将一只手搭在辛晴肩上，辛晴闪身躲开。女人有些尴尬，但并不奇怪，似乎早就料到此情此景，

"快进屋,别冻坏了。你爸爸在屋里等你呢!"

辛晴跟着女人进了屋,无心打量气派的内部装潢。

正在沙发上读报纸的辛明义忙站起身,过来迎接女儿。

"你们先聊着,我回厨房准备,晚饭一会儿就好!"女人依旧一脸笑容。

辛明义跟太太连声说好,辛晴看着父亲对待女人的亲昵态度,一阵反胃。

"桃子!快来见见姐姐!"辛明义朝二楼喊道。

"谁?"辛晴第一次听父亲说这个名字。

"你妹妹。"辛明义轻描淡写地解释,"今年八岁了。之前你一直都不在我身边,就没告诉你。现在咱们一家人终于团聚,你们姐妹俩也可以好好认识认识。"

父亲和另一个女人有个八岁的孩子,自己却一直被蒙在鼓里。辛晴实在想不到他竟还能理直气壮地脱口而出"咱们一家人终于团聚"这样的话来。

小女孩儿穿着粉色公主裙、白色裤袜、黑色小皮鞋,从楼上慢悠悠走下来。她一手扶着楼梯栏杆,一手轻轻拎起蕾丝裙边,做足了娇滴滴的小公主模样。

"爸爸!"女孩儿扑入辛明义怀中。辛晴在父亲脸上看到自己从未见过的温柔。

"桃子,这位,就是你小晴姐姐。"辛明义指着辛晴道,"快说姐姐好。"

"小——晴——姐——姐——好!"桃子拖着长腔问候。

辛晴勉强挤出一丝微笑。这妹妹来得太过突然,她实在不知该如何面对。桃子倒似乎一点儿也不拘束,突然被辛晴的背包吸引,从辛明义怀里跳下,跑到辛晴身边,抓起背包便跑。容不得辛晴反应,包就被抢走。她庆幸自己没带相机。

辛明义让桃子把包拿回来,桃子不肯,坐在一旁的地毯上,开始翻包里的东西,边翻边问:"姐姐给桃子带好吃的了吗?"

"没有。"辛晴很直白。

桃子倒也不在乎,突然对包里一个三角形物件起了兴趣。

"这是什么?"她高高举起手里的拨片。

辛晴一眼看到,急忙站起身:"那是弹吉他用的拨片,不好玩儿。"说着便伸手要去拿。

小姑娘看出辛晴喜欢,便也开始喜欢:"我想要这个!"她用两只小手紧紧攥着拨片,说什么也不肯还给辛晴。

"把拨片还给我。"辛晴强忍住心里的怒火,"你想吃什么我给你买。"

"不给不给就不给!"小姑娘站起身,朝辛明义跑去。本想在爸爸面前炫耀一番的桃子,不料却一把被辛明义抓住双手,强行掰开手指,拿出了拨片。小姑娘号啕大哭,眼泪说来就来。

"不许抢姐姐东西!"辛明义似乎第一次在桃子面前发火,把小姑娘吓得不轻。他把拨片还给辛晴,又过来哄小女儿。桃子不干,依旧哇哇大哭,没了眼泪,只是扯着嗓子干吼,示威一样。

桃子母亲从厨房跑出,抱起女儿,埋怨辛明义道:"你干吗呢!孩子还小不懂事儿,你难道也不懂事儿吗?你以前可从来不对桃桃发火，怎么来了个客人你就开始胳膊肘往外拐了？"

最后一句话，是说给辛晴听的。

辛晴从地上捡起背包，拿着拨片转身头也不回地走出门去。从下车进屋到离开这个让她恶心的地方，她从未正眼看过这女人，也不曾与她说过一句话。辛明义刚想教训女人，见女儿离开，便忙追过去。辛晴大步朝小区外走去，丝毫不顾父亲的挽留。辛明义见女儿去意已决，突然一股怒气冲上头顶。

"辛晴！你给我站住！"

辛晴停住脚步，转过身，冷冷地看着气喘吁吁的父亲。

"你怎么还是这么不懂事儿？再怎么说我也是你爸爸！你就当是为了我，放下你心中的仇恨，不行吗？咱们现在一家人，和和睦睦吃顿饭增进一下感情不好吗？"

"她们是你的家人，和我无关！"辛晴打断父亲的话，"为了你，我已经妥协来你家，是那个女人一直惺惺作态！刚才的话你难道没听到吗？"

"我会慢慢开导她。但你对她也要有最起码的尊重！她毕竟是你长辈！"

"我没有这样的长辈！以后别再叫我过来这里，我的事你也不要再管，房租我明天就转给你。"

"你就这样跟爸爸说话？你的事儿我肯定要管！你既然要留在北京，就必须要和家人们搞好关系！"

"我再说一遍，她们不是我的家人！我留在北京也不是为了要和你的家庭搞好关系！"

"那和谁?和昨晚那个叫舒桐的男人?我告诉你辛晴,即使那个男人对你有好感,也是因为你和他那个已经结了婚的前女友太像!你不要幼稚地一意孤行!"

"你怎么知道这些?你调查了舒桐?"辛晴突然觉得眼前的父亲陌生得可怕。

"对!因为我要为你的安全和未来负责!"

"你现在想起来对我负责了?我最需要你的时候你又在哪里?"辛晴愤怒到了极点,丝毫感觉不到眼泪已夺眶而出。她想起一年前八月的重庆,想起自己蜷缩在那个肮脏的巷子里,用颤抖的手拿起手机,给父亲打电话。她永远记得父亲只是一句"在谈生意"便挂断电话,永远记得自己打第二遍时父亲的不耐烦,和第三遍时父亲在电话里的怒吼。

"不要再来找我!不要再干涉我的生活!"辛晴转身,一把抹掉眼泪,朝小区门口飞奔而去。辛明义心中的怒气,突然被女儿的眼泪浇灭。他不明白女儿刚才的话是什么意思,也不明白她为何会有这样激动的情绪。

这是他第一次看到女儿落泪。

天空阴沉,第一片雪花飘落而至。

初雪来了。

十五

舒桐并不知道第一片雪花落下是什么时候。窗前，暖橙色灯光中，他安静地坐着。面前电脑屏幕上，是一篇署名为"晴"的欧行游记：

带着登山装备，独自行进在雪地中。湛蓝的天空下，是一望无垠的雪海，阳光格外刺眼，为这天寒地冻的白色世界营造了一种炎炎夏日般的错觉。那晶莹剔透的雪有着摄人心魄的纯净与神圣，天之广大、地之辽阔，一片寂寥之中，我用尽全力却只能步履蹒跚。身后，是一串寂寞的脚印；眼前，是一片安静祥和的世界。时空的变迁在这里静止，偶尔望一眼远处奔向山顶的火车，才知道原来这并不是一幅定格的画面。疲倦了，便面朝厚厚的雪，放松全身，向前扑倒。直挺挺的身体与雪地发生了这世上最柔软的碰撞，冻僵的脸庞埋进皑皑白雪里，心中骤然升腾起一种难以名状的痛快。我爬起身，又扑倒；再爬起，再扑倒……辽阔的雪海，敞开她宽容的怀抱，一次次迎接着孤零零的我。我站起身来，酣畅淋漓，满心激动却无人诉说。一班火车在远处驶过，我用力挥手，想要大喊大叫却不得不控制自己。在车上一众观光客眼里，有的只是车窗外银装素裹的辽阔世界，而渺小的我，或许，只是一个蚂蚁般的黑点……

这段文字，出现在辛晴关于欧洲之巅——少女峰的游记中。

舒桐在字里行间追寻着这自由自在的灵魂，脑海里是一位勇敢的姑娘在雪山前行的画面。回想自己也曾出现在少女峰的风景中，只是施雨宁更看重山顶的风光,于是自己只能放弃租好的登山装备,与女友一起踏上直达山峰的火车。车上,他透过窗户向下望去,看到雪海中三五成群徒步前行的登山客,羡慕不已。如今,读着这篇游记,舒桐内心翻涌着敬佩与爱恋。她用勇敢的脚步丈量世界,用灵动的文字和照片记录生活。这到底是位怎样的姑娘,竟然有这般耐得住孤寂的心和一往无前的勇气?

翻阅着一篇篇点击量颇高的文章,舒桐对辛晴的兴趣愈发浓厚。

一旁手机突然响起,是施雨萌。

"舒桐哥!"小萌声音里充满了担忧,"刚才我给大晴子打电话,感觉很不对劲!"

舒桐立刻合上电脑,站起身:"怎么了?"

"她在哭,说刚从她爸家里出来。我问她怎么了她也不说话。舒桐哥你能帮我去找找她吗?我没车,她爸家又在京郊,特别远。除了你,我实在不知道该找谁了!"小萌带着哭腔,急得团团转。

"你把她父亲家具体位置发给我。"舒桐语气十分冷静,但心里的担忧却并不比小萌少。他穿上外套,连围巾都来不及戴,抓起车钥匙便匆匆走出家门。

小萌将辛父所住小区的名字和地址发给舒桐,放下手机呆坐在床上。她清楚地知道,自己第一个想到的人,是迟天,可双手却听从了内心,拨通了舒桐电话。辛晴和舒桐两情相悦,若两人在一起了,迟天或许就会死心,自己或许也会有机会。

初雪的夜晚，柳絮般的雪花在天地间飞舞。舒桐无心欣赏，将目的地输入导航，发动了汽车，车灯在漫天雪花中杀出一条光路。路况并不好，似乎所有人都赶在了这个雪夜往家走。他不停地按喇叭，内心的焦灼一波胜过一波。尝试给辛晴打电话，却无人接听。

一个小时后，车子终于开出北五环。

目的地就在前方五公里处，舒桐放慢车速，目光不停地朝路两边扫视。当车子驶过一座空旷的小广场，舒桐一眼望见那让自己担心了一路的身影。辛晴双手抱膝，坐在广场边的台阶上，将脸埋进胳膊里，一动不动，身上已经积下厚厚一层雪。

舒桐一个急刹车，把车停稳在路边，下车冲向辛晴。

"辛晴！"他跑到她身边，轻碰她的腿。

辛晴缓缓将头抬起，满脸通红，目光呆滞，眼角泪痕已干。看到舒桐满是关切的脸庞，大颗眼泪骤然掉落。

舒桐轻轻拍掉她身上的雪，扶她起身："我带你回家。"

辛晴一个趔趄差点摔倒在地，舒桐眼疾手快将她扶稳。久坐在冰冷的夜色里，她双腿早已麻木，没了知觉。舒桐一把抱起辛晴冰冷的身体，朝车子走去，将她轻轻放在副驾上，又为她系好安全带，关上车门。回到车内，舒桐开大暖风，拿出纸巾递给辛晴。辛晴伸出颤抖的手接过纸巾，触碰到舒桐温暖的手心。

舒桐一把握住这只冰凉的手，又拉起另一只手。辛晴没有躲，看着舒桐将自己的双手捧在手心，感受着车内温暖的空气。

"谢谢……"她轻声道。

舒桐没有说话，把辛晴的双手捂热乎，才将其放开。给小萌发了信息报声平安,这才发动汽车,掉头朝城里走去。

车灯照亮了漫天飞舞的雪花。

一路,温暖在安静中发酵,慢慢地,辛晴不再发抖,双腿有了知觉,身体也渐渐苏醒。

"需要去医院吗?"快到家时,舒桐终于开了口。

"不用,我没事儿。"

"那就去我家,给你煮些姜茶。"

"不用麻烦,我回家就行。"

"不行。你这样一个人我不放心。"舒桐的语气毫无商量的余地。

辛晴实在不明白自己为何会在这个男人面前轻而易举地放下所有戒备。她望着舒桐专心开车的侧颜,体会到了从未有过的安全感。

车子在舒桐家楼下停住。地面积雪已经有了厚度。将辛晴带进家门,拿出一双干净拖鞋,又把她带到沙发前坐下,舒桐立刻走进厨房。不一会儿,他端着一碗热气腾腾的姜茶,回到客厅。辛晴接过姜茶,捧在手中。舒桐在一旁坐下,一边叮嘱"小心别烫着",一边看着辛晴一口一口喝下姜茶。

身子暖了起来,肚子竟也开始"咕咕"叫了。辛晴忙捂住肚子,红了脸。

"没吃上晚饭?"舒桐清楚地记得,昨晚辛父来找辛晴,是为了今晚一起用餐。但看着眼前辛晴的模样,估计还没吃上饭,就和辛父发生了什么。

"我冰箱里还有一些水饺。吃饺子成吗?"舒桐再次朝厨房走去。

"不用麻烦了！"辛晴忙站起身挡在舒桐面前。

"不错，一碗姜茶让你的腿脚恢复了往日的灵便！"舒桐笑着打趣道，"再来一碗水饺，恢复你满满的元气，可好？"说罢，便将辛晴推回沙发前，转身走进厨房。

虽然因为麻烦舒桐而觉得不好意思，辛晴心里更多的却是幸福。四下打量着一尘不染的客厅，辛晴不敢想象这会是一个单身男子的家。想到小萌曾说过在咖啡厅里碰到舒桐和一位美女约会，辛晴心里突然觉得一阵不舒服。待舒桐端着一盘煮好的饺子出来放在茶几上，辛晴接过筷子说声谢谢，却又立刻将筷子放下了。

"怎么了？"舒桐看到她一脸心事。

"听小萌说，你有女朋友了……"辛晴说话倒也干脆，"难怪屋里收拾得这么干净。"

舒桐哈哈大笑："那你不开心，是因为觉得我有女朋友了呢，还是因为我家收拾得太干净了？"舒桐刻意强调了"觉得"二字。

辛晴反应很快："我才没有不开心。"心里却明白了舒桐的暗示，便拿起筷子，习惯性地将饺子戳破，把皮和馅儿分开。

"怎么，就连吃饺子也有强迫症？"舒桐想起昨晚吃牛肉面时小萌的一番话。

辛晴低着头，没有吭声。

"你看，饺子要整个儿放到嘴里，一口咬下去，才好吃。"舒桐说着，从辛晴手中拿过筷子，夹起一个饺子放进自己嘴里，一边大口嚼着，一边把鼓囊囊的腮帮子亮在辛晴面前。这一举动，成功博得辛晴一笑。

"知道为什么这么吃才最好吗？"

辛晴摇头。

"因为饺子是团圆的象征，囫囵吃下去才能体现这个意义呀。你看，过年时，一大家子团团圆圆地在一起，一口一个囫囵个儿的饺子，那画面，想想就觉得幸福！"

辛晴不说话，只是挑起一团牛肉馅儿，放进嘴巴里。舒桐从她躲闪的眼神中，看出了端倪。他知道，自己刚才那番无意之言，戳中了她的内心。

"不管任何事，你都可以对我说。"舒桐望着辛晴，满眼真诚。

这个冒雪外出寻自己、为自己熬姜茶煮水饺的男人，这个在寒冷的初雪之夜给了自己数不尽温暖的男人……看着那双充满善意的眼睛，辛晴终于决定敞开心扉，不过……

"好。我能先把饺子吃完吗？"

这一句突如其来、可怜兮兮的请求，令舒桐忍俊不禁。

一盘水饺下肚，辛晴胃里舒服了许多。舒桐贴心地端来热水。辛晴捧起暖暖的水杯，望着舒桐真诚的脸，终于开口道出了童年。

窗外，随风舞动的雪花为夜色打上一层梦幻，却也在记忆的面纱上撕开一道真真切切的口子。雪纷纷扬扬飘落于世间，正如回忆一段段呈现，清晰、透亮。

舒桐静静靠在沙发上，倾听、思考、感受。他渐渐明白，她为何如此独立而坚强，为何会有勇气选择流浪。她是在逃，逃离那支离破碎的家，逃离那冰冷晦暗的回忆。那一刻，舒桐突然有一种冲动,一种想要给辛晴一个完整家庭的冲动。

时钟嘀嘀嗒嗒,不知疲倦。雪越下越大,屋内却越来越温暖。

见辛晴讲述完过往,情绪有些低落,舒桐便转移了话题:"为什么喜欢摄影?"

"因为记忆太过脆弱。一台相机,能帮助我留下好多生命中的细节。可是,还有很多东西,是相机留不住的。"

"就像文字一样。留得住回忆,却留不住情怀。"

"对啊,很多时候,我们回忆的不是过去,而是情怀。"

"我读了你的文字,你发在网站上的所有游记。你独自去过好多地方。"

"还有很多地方没去过。我想在接下来的生命里继续探寻这些未知的天地。"

"可是,听小萌说,你决定留在北京了?"

"留在北京是为了……找一个人。"

"找到了吗?"

"嗯。"辛晴轻轻点头。一向说走就走、随心而动的她,只是因为想要找到大叔,便留在了北京。如今,当大叔就坐在自己身边时,她却突然对未来没了想法。

舒桐知道,这人正是自己。手机里还存着小萌昨晚发来的"告密"短信:"舒桐哥,大晴子很喜欢你,为了找你,她放弃了去南京的车票,决定留在这里。我也看得出你对她有好感。我希望我的好闺蜜不再四处流浪,能安定下来找到自己的幸福……哥,我只能帮你到这儿了。"

"那个人……他愿意陪你一起，继续探寻未知的天地。"舒桐望着辛晴澄澈明亮的大眼睛。

"他会愿意和我一起流浪吗？"辛晴看着舒桐充满柔情的脸庞。

"他愿意。我愿意。"

两人相视，目光中早已充满恋人间的默契。

这一晚，舒桐和辛晴依偎在沙发里，彻夜长谈。

凌晨四点，窗外雪已经停住，辛晴靠在舒桐肩头，沉沉睡去。她从未觉得如此安全，从未睡得如此香甜。梦中，是过往旅途中所有温馨的细节。舒桐将辛晴轻轻抱起，放在卧室床上，盖好被子。望着那熟睡的脸庞，他一时情起，走进书房执笔写道：

世界就像一片大海，蔚蓝的表面下，是深不见底的阴暗。遇到潮起潮落，方可看到那被浪拍在岸边的鄙秽。她像一个孩子般，被好奇心驱动着，勇敢潜入海底一探究竟。见多了阴暗，再次浮出海面，目光里仍是那一如既往的澄澈。

一早起床，拉开窗帘，窗外是一片银装素裹的世界。迟天心里一阵欢喜：初雪！

在韩国，相传初雪那天遇到喜欢的人，便会和她在一起。迟天本不相信，曾有韩国朋友在初雪日约女生吃饭，他还尽情嘲笑过。可如今，一旦涉及自己所爱，迟天竟不由自主地开始关注起这些"迷信"来。他忙掏出手机，抑制不住内心的激动，给小萌发微信："妹妹，今天务必帮哥哥把小晴约出来！"

放下手机，拿起吉他，迟天在窗前坐下，弹起那段最为熟悉的旋律。

《晴天》。

大二时夏末秋初的一个夜晚，迟天抱着吉他，站在辛晴宿舍楼下，第一次为她演唱了这首歌。一曲唱罢，辛晴在人群的起哄声中，红着脸来到自己身边，接过一捧玫瑰。玫瑰花中央的精致铁盒里，是迟天人生中第一个拨片。

现在，那拨片怕是早已腐朽在江边的烂泥中了。迟天每每忆起和辛晴分手当天，自己一时愤怒，从她手中夺过拨片扔到桥下，便后悔不已。他并不知道，自己转身离开后，辛晴跑到江边，赤裸着双脚在烂泥堆中寻了好久，才将拨片找回。

何娟带着一叠文件来到迟天公寓门外，听到屋内传出自己从未听过的旋律，心里一惊：这是首有故事的歌。

她敲敲门："小天，是我。培养计划给你拿来了。"

屋内歌声停住。迟天开了门，礼貌又热情地将何娟迎进屋内。

"你刚刚弹唱的是什么歌？我怎么从来没听过。"

"写给初恋的歌。"迟天对何娟从不隐瞒。

"这首歌里，有什么故事吗？"

"有啊！"迟天依旧有着大男孩般的单纯。他动情地为娟姨讲述自己最心爱的姑娘。

纯爱——何娟琢磨。

"为什么不收录进你第一张专辑里？"何娟很好奇。

"这首歌，我只想唱给她一个人听。"

何娟若有所思。

"娟姨你想吃什么？我爸妈走之前买了不少水果。"迟天边说边朝厨房走去。

"啊……随便什么都行！"何娟心不在焉地回应，一眼看到茶几上的谱子。细细看一遍，正是刚刚迟天弹奏的旋律。何娟趁他在厨房洗水果的空，忙拿出手机拍下谱子的照片。

"萌萌！快点洗漱出来吃早饭！今天咱一起去医院陪你爸爸。"妈妈把豆浆油条端上餐桌，冲小萌卧室喊道。

"来啦！"小萌恋恋不舍地从窗前走开。今年第一场雪，美得让人心醉，不知能否给自己带来好运？正要去洗漱，突然收到迟天的信息。小萌看着手机屏幕上"小晴"两个字，好心情顿时消失不见。她不喜欢迟天叫自己"妹妹"，也不喜欢他三句话不离辛晴。

吃罢早饭，和妈妈一起来到医院住院部，小萌站在病房门口，做了三次深呼吸，这才走进去。

五个月前父亲在工作时猝倒，送往医院全面检查后，才发现是肺癌晚期且已发生脑转移。听着医生"多陪陪父亲"的建议，小萌几度在病房里崩溃。坚强的母亲告诉医生，自己和孩子都不会放弃。术前治疗加之手术，已经花光了家里原本就不多的积蓄，为了尽可能延长丈夫生命，母亲开始四处借钱。看着母亲在别人面前低三下四，回到家里又为难得独自落泪，小萌心疼不已。

到下月此时，距父亲被确诊就满六个月了。小萌为父亲的坚持感到欣慰，却也为接下来的各项花费而惆怅。

母亲小心翼翼地喂父亲吃早饭。小萌突然收到辛明义发来的短信。短信中说，昨晚他和女儿闹得很不愉快，希望小萌能劝劝辛晴，帮助父女俩改善关系，另外还催促小萌务必尽快劝说辛晴来公司上班。

小萌苦笑。

命运就是这么不公。你的父亲整日为游山玩水的你操心着未来，而我却只能眼睁睁看着父亲每分每秒与死神搏斗。

小萌十分难过，渴望诉说，可除了辛晴，却想不到任何人可以信任。

"不能告诉辛晴……"小萌想，"她若知道爸爸的病，就很可能会知道我和辛明义的交易……"

纠结的内心，却阻挡不住诚实的双手。小萌还是给辛晴发了信息。

"爸，妈，我出去一会儿。"和父母打过招呼，小萌走出病房。

睁开眼，已是上午九点。自己正躺在陌生的屋子里，周围弥漫着清甜的白茶气息。那一刻，辛晴恍然有种错觉，似乎回到了Elkins 小镇，回到了那栋温馨和睦的小房子，直到看到舒桐含情脉脉的眼睛，才终于回过神儿来。

"醒啦。怎么样，睡得还好吗？"

见舒桐正坐在床边，握着自己的手，辛晴忙坐起身，低头看一眼衣服——完完整整，再抬头看看舒桐写满幸福的面庞，突然想起昨晚的对话，脸开始发烫。

"我去准备早餐，你再眯会儿。"说罢，舒桐站起身，俯身在辛晴额头上轻轻一吻。

这吻来得太过突然。

就像这段恋情。

望着舒桐走出卧室的背影,辛晴似乎还能闻得到他灰色长袖T恤上洗衣液的味道,清爽得如刚才那轻吻。细细打量着卧室四周,一切都是那么干净整洁。墙角柜子里,摆满了稀奇古怪的小物件,有一些辛晴认得出来,因为自己也曾在世界的不同角落里被同样的物品吸引过。

下床来到窗边,楼下已积了一层厚厚的雪,几个孩子全身裹得严严实实,在雪地里堆起雪人来。辛晴伸个懒腰,走出卧室。

客厅茶几上,燃着白茶香薰蜡烛。

冬日清晨,暖暖的屋子里萦绕着白茶的清甜气息,心爱的男人在厨房为自己准备早餐,窗外是一片干净纯洁的雪后世界——辛晴想不出还有什么能比此刻更让人心动。

她悄悄走进厨房,从身后一把抱住舒桐的腰。辛晴已没了刚睡醒时的羞涩。

一丝欣喜而幸福的笑容闪烁在舒桐眼中。

端着早餐走出厨房,两人相对而坐。

"你喜欢点白茶味的香薰蜡烛啊?"

"对。尤其早上刚起床,或者平时读书写文章的时候。这个味道能让我平静下来。"舒桐将剥好的鸡蛋放进辛晴餐盘中,"想去看看雪中的紫禁城吗?"

"人不会很多吗?"辛晴喝一口温热的牛奶,嘴上立刻挂了一道白色"小胡子"。舒桐微微笑，也不提醒。他觉得这抹"小胡子"可爱极了。

"我知道一家咖啡厅，在故宫边，视野特别好。"

"好啊！不过，我得先回家拿相机。"

舒桐点点头，只顾看着辛晴吃东西的模样。他喜欢她喝牛奶的样子，喜欢她吃吐司的样子，喜欢她小心翼翼将蛋清和蛋黄分离开的样子。

辛晴正期待着自己和舒桐作为恋人的第一天，突然收到小萌发来的微信。

"大晴子，能陪我出去走走吗？心里很不舒服。我在老单车公园等你。"

辛晴心生担忧。

"谁啊？"舒桐注意到了女友的神情。

"小萌。"辛晴收好手机，"她约我出去走走，好像不太开心。"

"那……咱们还去看雪吗？"

"要不改日？"辛晴也觉得不舍，但此刻闺蜜需要自己，约会可以等。

"好吧。"舒桐不想让辛晴离开自己。刚恋爱的男女，巴不得时刻都黏在一起。

辛晴起身要离开，舒桐坚决要求先吃完早餐，开车送她。辛晴只得重新坐下，嚼完吐司，喝下牛奶，又吃了几口沙拉。

"不用送我，这么厚的雪，车不好走，我坐地铁更方便。"说着，辛晴拿起背包，换好鞋，准备出门。

"你不觉得少点什么吗？"舒桐忙追过来，一把将女友搂进怀里，在她双唇迅速轻轻吻下，"OK，现在可以走了。路上小心，见到小萌后记得给我发信息报平安。"

又是一个过于突然的吻。

辛晴涨红了脸，转身跑开，身后传来舒桐"注意安全"的叮嘱。

舒桐送走女友，回到餐桌边，刚端起牛奶，母亲突然来了电话。

"儿子，看天气预报说北京下雪。出门可得把衣服穿暖和喽！"电话刚接通，便传来那熟悉的唠叨声，"吃饭了吗？早饭一定要按时吃，不然对胃不好！"

"正吃呢，妈。放心吧，厚衣服早就拿出来穿了。"

"那就好……对了儿子，妈跟你说个事儿。今年过年，你早几天回来。"

"咋了？"

"你爸爸同事，就是你张叔叔，给介绍了一位姑娘，样貌人品都不错。你提前回来，我好把你们约着见见面。"

舒桐差点喷出刚喝进嘴里的牛奶，急忙拒绝，说自己已经有女朋友了。

母亲很吃惊："有女朋友了？啥时候的事儿？怎么没听你说过？"

"也没多久，这不还没来得及跟您二老'汇报'嘛！您就别操心张罗着给我相亲了。" 舒桐抽出纸巾擦擦嘴，"对了，这两天我可能要去医院做做检查，准备做个切除鼻息肉的手术。"

"决定了？"

"决定了。您放心吧，没什么问题，就是一小手术。"

"那也是手术！不过做了也好，天天儿的，看你憋得难受，妈心里也不舒坦。你确定手术的日子了，告诉我一声，到时候我跟你爸去北京照顾你。"

舒桐忙说不用，舒母不听。

放下电话，舒母瞪一眼身旁专心看报纸的老伴儿："你怎么对儿子一点儿也不关心呢？你知不知道，咱桐桐有女朋友了！不知道儿子这次找的姑娘什么样儿？可千万别像上一个那样不靠谱，天天就知道满世界跑着玩儿。"

舒父："只要儿子喜欢，女孩儿人品好，两人在一起幸福，就可以了。你没有权力要求人家姑娘有什么样的性格，什么样的爱好。"

"但我有权力要求我儿子交什么样的女朋友啊！"舒母坚持自己的观点，"儿子还说过段时间要做鼻息肉切除手术。到时候咱俩都去北京，一来能照顾儿子，二来也瞧瞧他那个女朋友，给他把把关。"

舒父无奈，但多年来已经习惯，且深知老伴儿脾气，于是便不再言语。

来到老单车公园，辛晴一眼望见坐在门口长椅上的小萌。

"大晴子！"小萌活蹦乱跳地朝自己跑来。

"你看起来不像'心里很不舒服'的样子啊！"

"谁说心里不舒服就一定得表现出来？"小萌冲闺蜜调皮地眨一下眼睛。从象牙塔中走出，在职场上经历的这一年，小萌早就学会了隐藏内心的喜怒哀乐。她深深明白假面对于自己的重要性。

"你到底怎么了？"尽管小萌一直是欢欢喜喜的模样，辛晴依旧能感觉到，她不再像从前那样对自己无话不说。

"工作上不太顺心，就想你能在身边陪我走走。"说着，小萌便挽着辛晴胳膊，朝公园里走去。

见闺蜜不肯说实话，辛晴只能作罢："你不愿意说不开心的事儿，那我就来分享一件开心事儿。"

辛晴告诉小萌，自己和舒桐在一起了。

"啊？"小萌的尖叫差点刺穿辛晴耳膜，引来路人嫌弃的目光。可小萌不管，她高兴，紧紧抱住辛晴，边蹦跶边喊叫。辛晴用尽力气才把她按住。

"怎么感觉好像是你谈恋爱了似的！"

"我替你高兴啊！大晴子！"

"你不介意他是你表姐的前男友吗？"

小萌连连摇头："你都不介意，我还介意什么？"兴奋劲儿过去，小萌试探地问辛晴："都谈男朋友了，是不是就可以在北京稳定下来了？"

辛晴摇摇头："舒桐说，他愿意陪我继续流浪。"

"那你就愿意看他放下这里的事业，还有他的家人吗？你可以抛开一切去环游世界，可舒桐哥不同，他是工作室的主心骨，一堆人靠着他吃饭呢。而且，你能不管你老爸，可他的心就不一定大到能抛弃父母陪你流浪。"

小萌的一番话让辛晴从恋爱的喜悦中清醒过来。

"所以啊，"小萌继续道，"最好的办法就是你也在北京扎根，找个稳定工作，回到真正的现实中来。作为一个过来人，我得提醒你，混职场真心不容易。不过，若能去你爸公司工作，你就会省心很多。"

是啊，自己能够放下一切，带着一箱简单的行李说走就走，可舒桐呢？

"你好好想想吧。反正我觉得，现在找个工作稳定下来，对你和舒桐哥来说是最好的选择。"小萌话刚说完，便掏出手机，趁辛晴不注意，打开微信给迟天回复："不好意思刚看到，之前一直在忙。辛晴已经和喜欢的人确立恋爱关系了。人都要往前看，不是吗？"

迟天收到小萌迟到的信息，心情沮丧至极，突然丧失了约辛晴见面的勇气，可内心深处仍残留着希望。他想了解自己的对手，了解他的一切。思索片刻，回复了小萌："在哪儿？请你吃炸鸡。"

在韩国培训的一年里，逢着不开心的事，迟天就会跑去炸鸡店，靠着往肚子里塞食物发泄。因为小晴说过，嘴巴不寂寞，心也不寂寞。

小晴说这话时，正和迟天坐在大四夏日暖暖的阳光中。那是没有课的周五，辛晴在球场旁静静坐着。迟天打完比赛，带着一身荷尔蒙的气息，在一众少女的尖叫声中朝自己奔来。

"怎么了？"迟天接过女友递来的矿泉水，发觉她脸上隐隐的不开心。

"我爸来电话说，工作忙，毕业典礼他不来了。"

"没关系，还有我呐！"迟天拧开瓶盖，仰头将水一饮而尽，汗水沿着脖颈滑过喉结，辛晴听到身后女生们窃窃私语。

"陪我啃炸鸡去？"辛晴站起身，笑着望向迟天。

"我发现你一不开心就奔炸鸡店。"大汗淋漓之后灌下一瓶冰镇矿泉水，迟天此时只觉无比痛快，一听吃的便来了食欲。

"嘴巴不寂寞，心也不寂寞。"

"不就是你爸从小到大都不怎么管你嘛！放心，有我迟天在，你辛晴以后都不会再寂寞了！"迟天将空水瓶稳稳投进远处垃圾桶内，身后又是一阵尖叫。他牵起女友的手，在一片做着少女梦的目光中离开球场。

自己给过小晴的承诺，太多太多，却没有一个能在时光的摧残中幸存。

收到迟天邀请，小萌喜形于色，忙告诉辛晴公司有急事儿，自己不得不先离开。辛晴无奈，只能和闺蜜挥手告别。

看着小萌离去的背影，辛晴在一旁长椅上坐下，突然收到银行短信通知——签约网站给自己的钱款到账。打开通讯录，找到自己在客厅墙上看到的房东电话，拨了过去。问清父亲租房时的月租价格后，辛晴立刻来到最近的银行，将第一个月的房租连带父亲在过去一年里给自己打的钱，一分不少转入父亲账户。

正陪客户前往饭店路上的辛明义,收到银行短信提示,意识到女儿这次动真格了要跟自己撇清关系,一时气急。但碍着身边几位老总在场,便努力克制住怒火。

走出银行,冷冽的空气猛灌进身体,辛晴只觉痛快无比。

舒桐发来一张自拍。照片中,他手拿一本书坐在地毯上,身旁放着一杯红酒。

照片下边,有一句话:

幸福,不过是手上有书、身边有酒、心中有你。

辛晴抬头望向天空,仿佛全世界都在对自己温柔微笑。

十六

爱情从来都没有新意,无非是两颗心或单相思,或两情相悦。令人难忘的,只是那渗透进爱情方方面面的细节。

一场初雪,加速了冬天的节奏。整座城市突然变得甜蜜柔软,就像辛晴在初雪之后每晚的梦境,就像舒桐每个清晨醒来洋溢在脸上的笑容,就像两人漫步在烟袋斜街时分享的那支棉花糖。

"我们穿手绘情侣衫吧!"冬日暖阳中,辛晴仰起头,嘴角粘着几丝棉絮般的棉花糖,笑容里是一如既往的纯真。

舒桐沉迷在这汪清澈的目光中,点头。

辛晴立刻买来两件纯白色T恤,一套手绘工具,一盒颜料。和舒桐一起回到家中,将T恤摊开在桌上,摆出一副即将动手大作的架势来。

"想画什么?"

"野天鹅。"辛晴毫不犹豫,"读过叶芝的诗吗?《柯尔庄园的野天鹅》。"

舒桐微笑,清清嗓子,朗诵道:

Unwearied still,

lover by lover,

They paddle in the cold

Companionable streams or climb the air;

Their hearts have not grown old;

Passion or conquest,

wander where they will,

Attend upon them still.

"这是诗中我最喜欢的一节!"辛晴惊喜地望向舒桐,"我以为,只有我们这些英文专业的学生才会背英文诗。"

"好诗能够超越语言。虽从中文专业走出,遇到喜欢的外文诗歌,也会拿来背诵。叶芝生命里的四位重要女性,格雷戈里夫人最令我敬佩。她的庄园,永远为他开放。"

"她是他的避风港。"

舒桐十分享受与辛晴之间的默契:"丫头,来我工作室好吗?你文笔那么棒,我会为你提供一个舞台,让你发光。"

辛晴猛然想起小萌在老单车公园里的一番话，决定为了舒桐，尝试改变自己。

"好。"

工作室里，舒桐与辛晴十指紧扣，出现在大家面前。

"闪恋啊！据我了解，你们这从认识到开始谈恋爱，还不到一周时间吧？"高扬眼珠子都快瞪出来了。

辛晴笑而不语，只是默默看着舒桐将自己介绍给每一位桐叶er。

高扬拿出手机，悄悄给林熙发信息："舒桐有女朋友了，挺不错一姑娘，跟他很般配。你以后就别再打舒桐主意了。"

"有女朋友怎么了？这不还没结婚吗？我喜欢，我就要他。"林熙丝毫不在乎。

"你可别乱来！"

"我会抓紧时间，这边一忙完就回国。舒桐哥我要定了。"

"林熙！"

"老高，谢谢你在前线随时向我提供新消息。我这边忙完，回头一定重重赏你！"林熙发来一个挥手再见的表情。

"完了完了……"高扬深知林熙的脾气，意识到她被激起了更强烈的斗志，恨不能扇自己两嘴巴子。

离开工作室，舒桐牵着辛晴，拐去面包房，买了法棍和红豆包——他从辛晴的游记中得知了她的喜好。

"只是看我的游记，你就这么了解我了。"回家路上，辛晴不时望向舒桐的目光里洋溢着浓浓的幸福。

"当然。"舒桐稳稳握着方向盘，微笑道，"你的文字，就像你的眼睛一样，不会撒谎。为什么喜欢法棍？"

"配一杯牛奶，抗饿啊！在欧洲的时候，我包里总会备上半根。"辛晴将手中法棍撕下一块儿，塞进舒桐嘴里，继续道："寒冷的冬天，把新鲜出炉的面包亲手喂进心爱的人口中——这就是幸福吧。"

舒桐伸伸脖子，舌头与浓郁的麦香纠缠在一起，含混不清地说："噎死我了……"

看着他滑稽的样子，辛晴哈哈大笑，忙拧开一瓶矿泉水递给舒桐。

"那为什么喜欢红豆包呢？"舒桐喝口水，咽下面包，继续问道。

辛晴说是因为喜欢红豆的味道。

"在寄宿学校读书时，每逢冬至，食堂会供应红豆糯米饭——我们那儿的习俗。我爱把豆子一粒粒挑出来，与米饭分开吃，所以总是最后一个吃完的人。学校里几个男生看不惯，会把我挑出来的豆子重新倒回碗里，拿他们刚在草地上玩过泥巴的手搅弄一番，然后幸灾乐祸地看着我。我自然不会吃，只能饿肚子。食堂有位胖阿姨，会把剩余的红豆拌上白糖，在大家都离开后端出来给我吃。她是寄宿学校里唯一对我没有偏见的人。"

"所以，红豆的味道也就成了你童年中最温馨的味道。"

辛晴点头，望向车窗外。

舒桐默默记在心里：冬至时吃红豆糯米饭——这是小晴家乡的

习俗。

"你呢？你喜欢吃什么？"

舒桐思索片刻："红酒，算吗？"

"古人也有'吃酒'的说法……勉强算作答案吧。"辛晴大笑。

夜幕渐临，屋内暖橙色灯光下，两人依偎在沙发上。白茶香薰蜡烛安静地燃烧，气氛柔软如天鹅绒般的夜色。

"喜欢我，是因为我像你前任吗……"父亲的话始终萦绕在辛晴心头。

"你跟她不同。我爱你，与任何人都毫无关系。"

辛晴相信。舒桐说什么她都信。她只想从他口中听到自己想要的答案，因为她知道，他对她，不会撒谎。

就像自己在他面前，从不伪装，从无防备。

她看向他，他正望着自己。

目光中是软到骨子里的温柔。

辛晴的目光，干净澄澈，面庞泛起微红。

舒桐动容，动情。

两人的呼吸交织在一起，他吻住她的唇。

他觉到了她的回应。

他轻抚她双腿柔嫩的肌肤。

毫无预兆，她的身体突然开始颤抖。

辛晴一把将舒桐推开，双脚狠狠踹向他的腹部。

还好只是腹部。

舒桐双手捂住小腹,痛得在地上打滚。辛晴这才意识到发生了什么,忙从沙发上连滚带爬地栽下来,跪倒在舒桐身边,想要抚摸安慰,却不知手该放在哪里。

"对不起!"辛晴惊慌失措。

舒桐强忍着腹部的剧痛,慢慢坐起身,望着辛晴,一脸迷茫,满目委屈。

"对不起……"辛晴自责不已,心疼落泪。

"你到底怎么了?"舒桐实在想不通,语气中不免夹杂了些许愤怒。

辛晴看着他。

对这段恋情过于在意,让她不敢对他说实话,可骨子里的真诚,又不允许自己在恋人面前隐瞒这段过往。

一番挣扎,真诚占了上风。

"我被……"

舒桐皱起眉头,等着辛晴的下文。

"我曾被……劫匪侮辱过……"

时隔一年,辛晴依旧无法直面那两个字眼。

"什么程度……"

"最严重的程度。"

舒桐脑海里"轰"的一声巨响。

去年八月,重庆。

火辣辣的日头烘烤着早已滚烫的地面，烧化了云彩撕碎了风。天地间稠乎乎的空气，赫赫炎炎，在这盆地上空扭曲着人世间一切热烈焦灼的欲望，蠢蠢欲动。

钢筋水泥的森林，熙熙攘攘，唯独这郊僻巷子，空空荡荡。除了辛晴和劫匪，再没人知道这里正发生着什么。

劫匪看似和辛晴一般大的年纪，赤裸的上半身汗如雨下，手里紧握一个米黄色双肩包。

辛晴汗流浃背，气喘吁吁。

"你把……把拨片还给我……其他东西我都不要！"

劫匪不说话，只是直勾勾地盯着辛晴被晒红的脸。

"我只要那个拨片……三角形的、弹吉他用的拨片！"辛晴担心他没听懂，"那东西不值钱，但对我来说意义特殊！你把拨片拿出来给我，包里的钱和其他东西全都归你！"

劫匪依旧不语，目光开始向下移动。

"求你了！"辛晴着急要回旧物，丝毫没有意识到劫匪突然变得肮脏的目光。

他看向她白净的脖子，看向她随着呼吸一沉一浮的胸脯。被汗浸透的白色衬衣，暴露着弹性和曲线。他咽口唾液，喉结做起可耻的运动。

辛晴心里一惊。

劫匪一把将背包扔在身后，辛晴转身欲逃。还未跑出两步，便突然被一双强有力的手从背后死死抱住。

辛晴挣扎着、喊叫着，却被劫匪捂住了口鼻。她惊恐地瞪大眼睛，望着巷口，渴望看到人影、听到脚步声。

身后被紧紧顶住。

在绝望与恐惧中，颤抖的身体突然变得瘫软，她再也做不出任何反抗……

头顶长方形的天空，连只虫子都不曾飞过。

罪犯提起裤子，慌张离去。

辛晴感觉不到自己的呼吸，感觉不到僵硬的身体，感觉不到这死一般寂静的世界。她并不觉得痛。

许久，她用麻木的胳膊撑起上身，爬到背包前，战栗着拿出手机。不停哆嗦的手终于拨通了父亲的电话。

"在谈生意！"父亲简简单单四个字，便挂断电话。

辛晴流着泪，重拨。

电话直接被挂掉。

再拨。

父亲接起电话，极不耐烦："说了在谈生意！有事儿等晚上再说！"

忙音。

辛晴终于号啕大哭，原本嘶哑的声音在这一刻爆发了。她想给迟天打电话，可已经没了他的联系方式。她抱着背包，爬到墙边，蜷缩着，颤抖着。不知过了多久，两个中年妇女路过这肮脏的巷子。辛晴被带到警察局。

接待的工作人员叫来两位女警察。辛晴开始慢慢恢复理智。她面无表情,流着泪回答警察的问题。两个中年妇女不肯离开,看热闹似的窃窃私语。

"女孩子家,这么不检点,一个人跑出来浪,就是作。"

"可不是嘛!哪个好女孩儿会摊上这事儿?"

"活该!要是反抗,知道跑,就不会这样了。"

辛晴一句句听进心里,身体突然恢复了对疼痛的感知。

撕心裂肺的痛。

是啊,如果自己反抗了,或许结果就不会是现在这样。自己为什么不反抗?为什么不逃跑?为什么不用拳打脚踢来保护自己?

辛晴突然开始自责,强烈地自责。

做笔录的女警察狠狠瞪了两个中年妇女一眼,强行将她们赶出警察局。

另一位女警察为辛晴买来紧急避孕药,接了一杯温开水。

"姑娘,先保护自己,一会儿再去医院做个检查。"女警察把药和水拿到辛晴面前,"我们一定尽快抓捕罪犯归案。"

辛晴不知道这承诺有没有兑现,只知道自己从此便开始因为事发时无法反抗而羞愧自责。

她回到旅馆,似乎所有人都在用异样的眼光望着自己——旅馆老板娘、聚在旅馆门口搓麻将的大爷大妈、旅馆里和自己同一天入住的两对儿小情侣……她看到人们指指点点,听到已经面目全非的传言:离奇的情节,生动的描述,毫不留情的指责……

开着灯,她哭了整整一晚。

第二天,拎着行李,辛晴逃离了这座城市。她突然很想回家,可是老房子已经没有了，唯一和自己有血缘关系的亲人因为生意拒绝了自己。她不知道家在何方。

回到大学所在的城市，辛晴给小萌发信息，问迟天在哪里。没有家，可还有迟天啊！虽然两人已经分手，他仍旧是自己信任的依靠。小萌说，她也不知道迟天的下落。辛晴彻底绝望。从此，她不再跟小萌提起迟天这个名字。

浑浑噩噩度过两周，辛晴遇到了艾琳，一位刚从斯坦福大学镀金归国的心理咨询师。

辛晴说，自己一辈子都会感恩，感谢上天让她遇见艾琳。

艾琳告诉辛晴，僵硬和麻木——这是身体保护自己的第三重机制，是一种叫 extreme survival reflexes 的反射作用接管身体的结果。应该羞愧和自责的，从来都不是受害者。艾琳耐心地向辛晴解释，把她带回家，为她做心理疏导。

艾琳带着辛晴，一遍遍回忆她不愿回望的画面，一次次面对她拼了命想要删除的记忆。这真实存在的记忆，不应被遗忘，不该被涂抹。而来自记忆的种种不堪——冲击着内心的苦痛、悲伤、愤怒、羞辱、恐惧、怨恨——不能被带去前行的道路上。干干净净的内心，绝不能被往事绑架。深爱着远方的姑娘、深爱着这个世界的姑娘，也要对自己有着同样的深爱……

两周后，辛晴虽仍未从伤痛中痊愈，但却有了继续前行的勇气。重新背起行囊，她知道，自己或许会痛苦一辈子，但却不会刻意忘掉过去。过往的回忆让辛晴明白：伤痛不会消失，直面痛苦，才是她唯一的选择。

面对心爱的人讲出沉重往事，往往需要巨大的勇气。舒桐感受着她的勇气，却也在鼓足勇气之后才敢相信这是事实。

"你现在决定还不晚。"辛晴声音小得可怜。

"决定什么？"

"分手。"

舒桐一把将她拥入怀中，紧紧地，紧紧地抱着。

无声胜有声。

泪水夺眶而出。

到底是多么强大的内心，才能在经历这一切之后还能保留住眼中无比珍贵的干净与澄澈？舒桐无法想象。

舒桐一夜无眠。

一篇篇翻看辛晴写过的游记，除了偶尔表露出独游的寂寞外，丝毫看不出任何痛苦的心路历程。生活若让人失望到了极点，想变本加厉也难了。

曾经食物中毒，也有过钱财被骗、器材被偷的经历——她轻描淡写地记录下旅途中的坎坷，却总能在最后用简单的一个"不愉快"概括。她知道自己的游记会被很多人用作攻略参考，便总是负责任地在每篇游记最后，列出了沿途的困难和潜在危险，提醒即将远行的读者。

她是无拘无束的鸟儿，有着自由自在的灵魂。纵使遍体鳞伤，依旧不忘初心,带着自己的坚强和善良,去往未知的远方。

一早,舒桐比平时迟了半小时到工作室。门口光秃秃的枝丫,张牙舞爪伸向阴沉的天。高扬正伏在案上奋笔疾书。舒桐轻拍肩膀打声招呼,高扬一个激灵掉落了手中的笔。

"又在写秘密日记?"

"以后能别这么一惊一乍吗?吓老子一大跳!"高扬嘟囔着,把本子合上扔进抽屉里。

"是你自己太敏感。"舒桐回到自己桌前,打开电脑,收到了编辑的回信。

高扬定定神儿,看一眼挂钟,突然一脸不怀好意的笑:"今儿怎么迟到了?难不成昨晚和晴姑娘……"

"你想多了。"舒桐迅速浏览了邮件,抬头看着好哥们儿说,"《情结》数码样出片,上市日期也定了。"

"哇!"高扬忙绕到舒桐身边,盯着电脑屏幕。舒桐并未发现,高扬眼中略复杂的目光,"提前祝你小说大卖!"

几位桐叶er们纷纷围过来,祝贺舒桐。

"不奢求大卖,只希望能找到懂这本书的读者。"舒桐起身去接水。

高扬心里一阵酸楚。

工作室大门突然被推开。舒桐循声望去,一惊。

辛明义走进来,毫不客气,一眼瞥见水吧旁的舒桐,又抬起眼皮,亮出鄙夷的目光,打量四周。

139

舒桐迎上去，礼貌地微笑。

"伯父您好！"

"我来是要找你聊聊。哪儿比较方便？"辛明义直勾勾地盯着舒桐。

"旁边有家咖啡馆。"

辛明义转身就走。舒桐放下水杯，跟了出去。

七月七日咖啡馆。

辛明义在沙发上坐下。

"没有时间拐弯抹角，我就直说了。你在和我女儿谈恋爱？"

"是的，伯父。"舒桐带着他一如既往的礼貌，坐在辛明义对面。服务员拿来手绘菜单，舒桐双手将菜单放到辛父面前。

"为什么喜欢我女儿？"

"爱情不需要理由。"

"你大可以回避我的问题。我来告诉你为什么。"辛明义死死盯住舒桐的眼睛，"因为辛晴像你的前女友。"

舒桐明白了，辛晴说的没错，辛明义调查过自己。

"小晴是独一无二的。"

"你不爱她。你和她在一起，是为了满足自己对前女友的幻想。我希望我女儿幸福，可这样的你绝不能给她幸福。"

"如果我能向您证明，我爱辛晴，与前任毫无关系，您是不是就可以允许这段恋情？"

"不用证明。"辛明义嘴角扬起一丝得意的笑——舒桐掉进了自己设好的圈套,"只要你把女儿还给我,我就不再反对你们谈恋爱。"

"还给您?"

"辞退她,劝她去我公司工作,她是我唯一的接班人,到时候对你的事业也会有帮助。"

一番话让舒桐突然明白,也一眼看穿了辛明义。口口声声说为了女儿的幸福,实则一心想保住自家财产。他把生意人的精明,用错了地方,如今竟希望跟自己做一场以女儿为筹码的交易。

舒桐微微一笑:"没有任何人有权利替辛晴做决定。她若愿意留在桐叶原创,我绝不会赶她走。"

"新书要上市了吧?人生第一本即将与读者见面的小说?一定很希望被尽可能多的人认可。"辛明义欲故技重施。

"我不靠这个吃饭。"舒桐仍旧面带微笑,不动声色。

辛明义盯着舒桐的脸,看不出任何可以让自己切入的破绽。他明白了,自己用在施雨萌身上的计谋,在舒桐这里不起任何作用。

离开咖啡馆回公司的路上,辛明义拿出手机,拨通小萌电话。

"雨萌,谢谢你及时通知我小晴去舒桐工作室的事儿。"

小萌咬紧嘴唇,不想再继续这样的交易了:"叔叔,您有什么事儿吗?"

"希望你能继续劝说她。我知道,她去舒桐身边,只是一时兴起。"

"叔叔,真的抱歉,辛晴原本就没有去您公司的想法,如今又正和舒桐热恋中,想劝服她,更困难了。我实在是没有办法。您之前打过来的钱,有一部分已经用来给我父亲治病,以后我一定会想办法把钱一分不少地还给您!"

辛明义拒绝:"叔叔是那种给出去的钱还会要回来的人吗?雨萌,我知道,你一定是尽力了。没关系,钱你不用还我,就当叔叔的一份爱心,祝你父亲早日康复。不过,叔叔还想让你帮个忙,你可不能拒绝啊!"

"您说吧。"小萌无奈。

"既然不能让小晴答应来我公司上班,那你能不能想办法让她来参加公司年会?"辛明义希望能借此机会,让女儿走近公司员工,了解工作氛围,以此打动她。

小萌还在为拿了辛明义的钱而不快,叹口气道:"我试试。"

"一定要成功。谢谢你,雨萌。"

放下电话,看着辛明义发来的时间和酒店地址,小萌暗下决心:就这最后一次,年会一结束,就和辛晴坦白。

自从小萌告诉了自己"舒桐"这个名字,迟天心里坚强支撑了一年的希望便开始摇摇欲坠。

夜深人静,黑暗如无情牢笼般将迟天困住。他从不曾想过,自己再次见到小晴,竟是这样一个场景。隔着玻璃窗,看着自己心心念念的她,含情脉脉地望向坐在对面的陌生男子。男子夹起饺子,喂进小晴口中。

小晴没有像自己记忆中那样,将皮和馅儿分开。她什么时候连从小到大的习惯都改了？那个男人，就是舒桐吧？迟天并未看清他的长相，但却想象得到他一脸幸福的模样。迟天不明白，为何自己努力追着小晴的脚步，苦苦等待，换来的却只是一厢情愿。

是因为自己当初的不坚定吗？

"你的梦想呢？"辛晴站在毕业季的十字路口，质问迟天，"你那个让全世界听到你歌声的梦想呢？"

"我的梦想太遥远！爸妈早给我找了工作，薪酬好福利高——摆在我眼前的现实，甚至比梦想更诱人！"

"梦想不是用来被比较，而是要去实现的！你有天赋，你肯努力，你是属于舞台的人啊！"

"那你呢？毕业之后，不也得找个工作过朝九晚五连轴转的生活？"

"我的梦想在远方。"

迟天明白，眼前这自由惯了的姑娘，有着绝不能被囚禁的灵魂。可他还想做最后的挽留。

"远方没你想得那么美好。跟我回家吧，回上海。我们踏踏实实过一辈子不好吗？"

"然后呢？这世界缺了一位优秀歌者！我也没了自由！"

"你不知道！你不知道当歌星多不容易，成名多不容易！"迟天哽咽。

"混蛋！你的梦想又不是出名！你唱歌也不是为了当明星！"辛晴一语骂醒迟天，"你为什么喜欢唱歌？为什么写歌？第一次登上舞台前,你在后台对我说了什么?你都不记得了?"

迟天记得。他告诉辛晴,如果有一天,在这世上某个不起眼的角落中,一个孩子在他的歌声里重拾对未来的信心,他便实现了为世界唱歌的意义,就像童年时的自己曾无数次被音乐激励一样。

可迟天还是被汹涌的毕业生大潮冲昏了头脑。这年头,梦想都是虚无,只有紧握在手中的饭碗才最实际。

他在辛晴失望的目光中转身离开。

回到家乡,迟天过了一段着正装、坐办公室小隔断的生活,眼中却再也没了往日的光芒。

曾经,在大马路上,在辛晴笨拙的舞姿中,迟天抱着吉他为行人演唱自己的原创,收获了满满的掌声和鼓励;曾经,在酒吧舞台上,迟天安静地坐着,用歌声对着台下的辛晴诉说衷肠,看到的除了女友幸福的面庞,还有观众们动情的热泪盈眶——回不去的曾经,他眼中闪烁的光芒,仿若太阳般温暖着身边所有人。

迟天开始不甘心。他一遍遍在心里重复着小晴骂自己的话,重新抱起吉他。

一场小型才艺演出后,迟天终于遇见伯乐。

签约、培训、筹备出道——一切来得顺理成章。

原来小晴说得没错:努力的人儿啊,梦想会主动来找你,机会也一定记得你的模样。

回忆汹涌,迟天无比怀念辛晴曾带给自己的温暖。看着手机屏幕,上边是他偷偷从小萌手机里看来的号码——小晴的手机号码。

还有三十天,今年就结束了。迟天用积攒了一年多的勇气,给辛晴发去短信。

他不想把遗憾带入新年。

"晴,我回国了。后天是否有空?见个面吧。天。"

十七

十二月，第一天。

按照和小萌的约定，辛晴来到酒店门口。

"大晴子，明天下午帮我把图册还给我朋友好吗？最近工作太忙，她又急着要图。"头天晚上，小萌深思熟虑，安排好同学，对好台词，这才给辛晴打去电话。

"好啊！"辛晴一口答应，"把地址还有你朋友电话给我，我明天中午找你拿图册。"

放下电话，小萌努力摆脱自责：就这最后一次。只是，她百般周密地思考，却忽略了辛明义这一环。

下午六点，辛明义早早守在酒店大堂。毫不知情的辛晴，带着图册进了酒店大门，正欲掏出手机给小萌朋友打电话。辛明义望见女儿，很是高兴，走上前去一把拉住女儿的胳膊。辛晴吓得一激灵，抬头看到父亲，大吃一惊。

"你怎么在这儿？"

"等你啊！全公司的人都在等你。"辛明义道，"快来吧。"

辛晴掰开父亲的手："我来是帮小萌还图册的。"

"她没跟你说？"

"说什么？"

辛明义恍然大悟，大笑："这个雨萌……真是个鬼机灵。不管怎么样，你还是来了，不是吗？"

"是啊！我是来找小萌朋友的！"辛晴越来越迷惑。

"哪有什么朋友！小萌是让你来参加公司年会！"

正说着，几个年轻姑娘围了过来，一个个浓妆艳抹，着正式晚礼裙。

"辛总，这位就是您总挂在嘴边的辛大小姐吧！"一位涂着大红唇的女孩儿，一把挽住辛晴胳膊，亲昵得像见到了失散多年的姐妹一般。另外几位姑娘也纷纷簇拥着辛晴，在辛明义的带领下，进了一旁多功能厅。

辛晴满脑子混乱的思绪，还未来得及整理，便被推进大厅，推到人群中央。

"来来，各位安静了！"辛明义一手接过"红嘴唇"递来的话筒，一手从服务员托盘中端起一杯香槟，举起。

在场所有人的目光齐刷刷集中过来。

"在今天这个特殊的日子里，我要为各位隆重介绍，辛晴——我辛明义的女儿！"

齐刷刷的目光落在辛晴身上。

辛晴吃惊地望向父亲，突然觉得一阵眩晕。听到父亲热情洋溢的介绍，听到他说自己会来公司上班，听到他让大家对她多多关照，听到人群中传来热烈的掌声和欢呼……她也想到了小萌，想到她昨晚的电话，想到父亲那句"真是个鬼机灵"，想到她不止一次劝说自己接受父亲的邀请……

胃里一阵翻江倒海。

"来,闺女,说两句。"辛明义突然把话筒伸到女儿面前。

这话筒,屈辱地立在辛晴眼前,她一遍遍否定着自己的想法,忍住一股想要吐的冲动:"我要去卫生间。"

辛明义担心女儿逃跑,提出帮她拿包,容不得辛晴答应,硬是把包从她手里抢了过来。辛晴担心自己若在这里多待一秒便会爆发,无奈放弃背包,冲出人群,冲出大厅。

来到洗手间,辛晴将自己关进最里侧的隔间,俯下身对着马桶干呕。父亲如此强烈的控制欲,让辛晴浑身不自在,内心深处对小萌的怀疑又让她焦躁不安。卫生间门被推开,两个女声传入辛晴耳朵。

"这小姑娘真会投胎!唉,以后咱们又得伺候一公主级的人物了。"

"可不是嘛!你知道吗,有传言说,辛总跟我们部门经理,就是那个被大家称作'更年期女妖精'的丽娜,关系不清不楚!"

"我听说了!估计想借辛总上位吧!谁不知道她一直对瑞典那个项目虎视眈眈……"

"说不定啊,这女妖精以后就是辛大公主的后妈了!"

辛晴只觉得胸闷透不过气,猛地推开隔间门,狠狠瞪了一眼正在镜前补妆的女职员,一脸怒气走了出去。两个背后嚼舌头的女人,大眼瞪小眼,吓得不轻,却在辛晴离去后,撇嘴道:"脾气不小,还不愿意听实话了?"

辛晴压制着随时可能爆发的怒气,回到年会现场,从父亲手里夺过背包，转身大步离开。

辛明义站在人群中，一脸尴尬。

走出酒店，天空是沉沉的深蓝。晚风愈发干冽，辛晴拿出手机，满腹疑惑，欲给小萌打电话，却不知该如何开口。

舒桐发来信息："丫头，到哪儿了？"

"刚出酒店，马上回家。"

"直接来我这儿吧。"

辛晴明白，舒桐才是自己此刻最需要的人。

小区里，饭菜的香味飘在夜色中。亮着灯的窗户，不时传出滋滋啦啦的炒菜声。上楼敲门，男友围着围裙出现在自己面前。

"没带钥匙啊？"

"落家里了。"

"你家的钥匙呢？"

"在身上呢。"

舒桐故作一脸失望："都没带该多好，今晚就在这儿过夜了。"

漫长的一天，辛晴第一次发自内心地笑。

舒桐搂着女友肩膀，来到餐桌边：

剁椒鸡蛋、蜜汁山药、酸豆角、拍黄瓜、卤牛肉、白灼虾、疙瘩汤，外加一盘煎藕饼、两杯红酒。

一股暖流涌进心田，辛晴这才意识到，自己早已饥肠辘辘。

"真行！疙瘩汤配红酒，搭配贼好！"辛晴转身抱住舒桐。

"你平时可不是这么说话啊!"舒桐哈哈大笑,"快去洗手,吃饭啦!"

收拾齐毕,两人相对而坐。辛晴挑起一块山药放进嘴里,甜丝丝的滋味。

"完成小萌的任务了?"舒桐还不知道发生了什么。

辛晴放下筷子。

"怎么了?"

辛晴说出事实,末了,道:"我爸控制欲太强,我知道,可是小萌……今天骗了我,就像跟我爸事先商量过似的。"

舒桐沉思。突然,他猛地一拍桌子,恍然大悟。

"我说呢,怎么总觉得见过你爸!丁一绘本展之前,我在咖啡馆里碰到小萌,她说自己刚见了客户。那个'客户'好像就是你爸啊!"

辛晴越来越觉得奇怪:小萌怎么从没跟自己说过这事儿?

"丫头,你最好跟小萌聊聊,我估计可能有什么误会。把话说开了,你也就不会再胡思乱想。"舒桐为辛晴盛一碗疙瘩汤,"我不想看你不开心。"

辛晴点头。她也不想破坏和男友共进晚餐的时光:"你的书进展如何?"

"正要跟你说。"舒桐脸上立刻现出一股兴奋劲儿来,像极了孩子,他清清嗓子,摆出十分正式的模样:"尊敬的女友大人,小生处女作将于后天正式与读者见面。现诚邀您于后天晚上六点,前来工作室参加庆功趴,真诚期待您的光临!"

辛晴连连说好，舒桐突然收起笑脸，嗔怪道："你应该回答得正式一些嘛！毕竟我的邀请这么正式！"

"偏不！你见过哪个正式邀请里有'庆功趴'这样的字眼？"

两人哈哈大笑。

辛晴从不知道，原来只要和爱的人一起，即使可笑幼稚的对话，也能带来满满的幸福。她贪恋这幸福，渴望这种感觉能在接下来的生命中一直向前延伸。

用罢晚餐，辛晴帮着将碗筷餐盘端进厨房。

"我真没想到，咱们两个人竟然能吃这么多！"

"永远不要低估自己的能力。"舒桐笑着卷起袖口，辛晴也准备下手刷碗，却被舒桐一把拉开，"去歇着吧，这里交给我就好。"

舒桐执意不让辛晴动手，她只能作罢。

"那我陪你。"说着，便绕到舒桐身后，环住他的腰，轻轻靠着他温暖坚实的后背。

饱饱的胃、暖暖的心、甜甜的空气——舒桐刚刚下肚的两杯红酒起了作用。

一向坚持"餐具即用即洗"的他，此刻竟只是将碗筷一气儿扔进水池，转身紧紧抱住辛晴，迫不及待地吻住她的双唇。

良久。

辛晴突然挣脱开舒桐。

舒桐明白了，一把将辛晴拽回怀里，下巴轻轻抵住她的额头，喘息着，轻声道："不急，我可以等。"

十点。

送辛晴回家后,舒桐返回家中,拿着红酒进了书房。

他想写点儿什么。

一杯,又一杯。

酒精带来的麻木与满足,终究敌不过大脑一片空白产生的痛苦。

送走舒桐,辛晴在电脑前坐下,强迫自己平静下来,打开电脑。

最后一篇游记整理完毕,突然觉得心里空空落落,仿佛生活一下子失去了目标。若从此安定下来,自己还能写些什么?和网站的签约怎么办?过去一个月里,炽烈的感情,竟蒙上了辛晴的眼。此刻,坐在电脑前,盯着游记末尾的句号,辛晴突然开始怀疑:真的要为旅途画上句号吗?

发呆的空当儿,收到一条没有备注名的短信:

"晴,我回国了。后天是否有空?见个面吧。天。"

天?小天?小天!

辛晴坦荡荡的内心,充满喜悦。

她立刻拨通舒桐电话,告诉他迟天发了短信。

"傻丫头,去吧。"舒桐喝干最后一杯红酒,"不用在意我啊!"他记得,辛晴跟自己说过,当初之所以去追劫匪,是为了要回迟天送给自己的拨片。

辛晴早已将迟天彻底放下,只当他是朋友。她一直希望他能梦想成真。当小萌告诉自己,迟天终于要成为歌手,辛晴打心眼儿里为他高兴。可辛晴也清楚,如若施雨宁突然要约舒桐,她一定会在意。她希望和舒桐之间没有隐瞒，不想有一天舒桐自己发现这条短信，产生猜疑。

"我不会去啦！不想让你不开心。"

"我知道你已经放下了。没关系，就是老朋友见见面叙叙旧而已，我明白。去吧。"电话那头，传来舒桐温柔的声音。

辛晴不再提迟天，两人闲闲碎碎一阵情话，互道晚安，却都不肯当第一个挂断电话的人。

辛晴犹豫一会儿，突然问道："如果有一天，我又做起了流浪的梦，怎么办？"

"没关系啊！你负责做梦，我负责给你做饭。"

十八

温暖的午后。

从录音棚出来，迟天急忙开了手机。未读短信列表里，依旧没有小晴的名字。他开始着急，翻出通讯录，拨通小萌电话。

"萌萌，我昨天，给小晴发短信了，可她一直没有回我。"

"你说什么了？"

"我说想约她后天见一面。就是明天。"

电话那端一阵沉默。

"帮帮哥哥，好吗？我真的很想她……我知道，她现在有男朋友，我只想见她一面，感谢她当初对我的鼓励，感谢她在分手时把我骂醒。真的，就这些。"

"真的？"

迟天连连点头："真的！"

"好，我帮你。"

"谢谢你，好妹妹！"迟天感激不已。

"谁啊？"见小萌放下电话，一脸心事，舒桐随口问道。

"一个朋友。"小萌将手机放在一边，努力调整好情绪，"舒桐哥，咱们继续。"

服务员送来两杯热巧克力。

"我想帮小晴早日摆脱噩梦。可现在真不知道该怎么办。你是她最好的朋友，我希望咱们能一起努力，帮小晴一把。"

"她跟辛明义之间积怨挺深，都这么多年了，一时半会儿肯定解决不了。"小萌捧起杯子，"她家的情况，你也了解。外人真没办法。"

"不是这个。我是说重庆的事儿。我知道，换作任何一个女孩子，受到猥亵侮辱都是一辈子的伤痛，可我……"

"什么？！"小萌手一抖，打翻杯子，热巧克力洒了一桌，迅速顺着桌边滴在自己身上。服务员闻声，忙拿了抹布赶来清理。

"你说什么？"小萌完全顾不得脏掉的衣服，一脸震惊地望着舒桐。

舒桐这才意识到，辛晴从未在小萌面前提及此事。辛晴不说，肯定有原因。舒桐此刻很是后悔。

辛晴对此一无所知。傍晚，当小萌发来信息，约第二天下午见面时，辛晴迅速回复了一句"好"。她正有话要问小萌。

《情结》上架当日。

下午三点，桐叶er们围着舒桐守在电脑前，网络书店刷出了《情结》的购买链接。工作室里一阵欢呼。

舒桐兴奋极了，真想晴丫头就在身边，自己一定会忘情拥吻她！

可辛晴此刻，正在前往与小萌约定的地点——烤肉季。辛晴实在不懂，小萌为何选这么一个地方见面。

什刹海。

辛晴顺手带着准备送给舒桐的庆功礼物，来到烤肉季。进门，看到小萌正坐在桌边，一旁，还有一个人。

辛晴心里一惊。

迟天望着辛晴，看到那双自己日思夜想的眼睛，依旧澄澈干净。迟天站起身，待辛晴走过来，想要拥抱，却局促地呆立原地。

"好久不见。"辛晴微笑。

"好久不见……"见小晴在自己对面坐下，迟天才意识到自己依旧站着。

辛晴本想对小萌说"我以为就咱俩呢"，却终究没说出口。

迟天想问辛晴有没有收到他的短信，却害怕答案会让自己受伤，便将话咽回了肚里。

"听小萌说，你准备出道了？恭喜哦！"

曾在大学期间形影不离的三人组，时隔一年半，再次聚首。气氛渐渐放松下来，并不像小萌预想的那么尴尬。

她实在不明白，自己为什么会答应迟天把辛晴约出来，或许是迟天的一句"我只想见她一面"。此刻，看着辛晴在迟天面前大大方方的模样，小萌知道，辛晴是真的彻底放下过去了。可小萌也清楚，迟天还没有。

他望向辛晴的目光，纠缠着欲说却无法言语的思念和爱恋，夹杂着隐隐的痛苦。小萌不忍，心里一团乱麻。无数心事搅在一起，让她心烦意乱。迟天的痴情、辛晴的秘密、辛明义的嘱托、父亲愈发严重的病情……小萌担心自己会在迟天和辛晴面前爆发出来，忙借口去洗手间，离开。

手机还留在桌上。

短信铃响，手机屏亮。辛晴清楚地看到，发件人处是父亲的名字。

小萌躲在洗手间，慢慢平复着情绪，可又控制不住自己猜想外边正发生着什么。她明白，辛晴和迟天不可能复合，可迟天却对辛晴一往情深，让自己毫无机会可言。

从卫生间出来，小萌回到座位，辛晴不动声色。

服务员上了菜。迟天拿起火烧夹了烤羊肉，欲递给辛晴："一口咬下去，最有感觉。"

辛晴摆摆手说声"谢谢"，解释道："我不吃了，一会儿还要去一个晚宴。"

迟天只是想知道，辛晴是否愿意为了自己改变习惯。而后又一想，自己真傻：即使小晴有所改变，那也不是因为他迟天啊！

五点，辛晴看一眼手机："小萌，咱们得走了，离舒桐的庆功派对还有一个小时。现在晚高峰，赶过去不知道来不来得及。"

迟天听到这个名字，心痛无比。

"好。"小萌站起身。两人和迟天说了再见，打车奔向桐叶原创。

迟天独坐在烤肉季里，在汹涌的回忆中，开始尝试劝说自己：既然她已经放下了，他为何不能朝前看呢？正发呆时，一眼看见辛晴座位上的礼物袋。迟天拿起礼物冲出门外，早已不见两人身影。

出租车驶出二环。

辛晴突然发现，包里没有给舒桐的庆功礼物。思绪一片混乱，辛晴一时糊涂，以为自己将礼物落在家中。

"师傅！先去魏忠路！"

夜幕匆匆降临，车上，两人各怀心事，安静得出奇。

出租车在家属院门口停下。辛晴和小萌忙下车朝家里奔去。庆功宴铁定要迟到，可辛晴一定要在庆功宴上把礼物送给舒桐，那是她亲手编制的捕梦网，是和Alisa一边视频聊天，一边学着做的。

进了家门，四处翻找，却始终不见礼物踪影。辛晴一转身，正撞上来不及"刹车"的小萌。两人无意间对视，辛晴终于按捺不住内心的种种疑问，打破了从烤肉季延伸到此刻的沉寂。

"你跟我爸是怎么回事儿？"

小萌一愣。

"是我爸让你把我骗到他公司年会的吧。你们单独见面……他给你发短信……"

长久以来,压在小萌心头的愧疚在此刻决堤:"对不起。但是我真的没办法了……我需要钱。我爸越来越严重……"

"什么钱?你爸怎么了?"辛晴听不懂小萌的话,脑海里一片混乱。

小萌决定彻底摊牌。父亲的病、辛明义的钱、自己的迫不得已……事实层层叠叠,一点点在辛晴面前摊开,残酷地刺激着她愈发模糊的坚强。

"你家里有困难,为什么不告诉我?"

"告诉你又能怎样?你能帮我什么?即使你借钱给我,拿的不还是你爸给你的钱吗?"

"可我们说过,彼此之间不能有秘密啊!"

"辛晴,你没有资格跟我谈秘密!你对我难道就无话不说吗?你被强暴的事为什么瞒着我?"话刚一出口,小萌便顿生悔意。但此时的怒气硬是支撑着她强硬的语气。

这两个字,彻底击垮了辛晴的坚强。手机突然震动起来,辛晴从兜里掏出手机,一把扔开:"所以……你就拿我当筹码,和辛明义做交易吗……"

"为什么不可以!你以为所有人都像你一样?所有人都能不切实际抓着梦想空谈一气?所有人都能说走就走追求那些有的没的?所有人都有一个有钱老爸可以无后顾之忧?我早就跟你说过,这个世界很现实很残酷,可你活得太不现实太轻松了!"

"你到现在还觉得我活得很轻松?"辛晴不希望任何人在性侵

一事上同情自己，可小萌一直以来自以为辛晴无忧无虑，让她终于忍无可忍。

"始终活在自己的世界里，自然轻松！如果有一次——哪怕只有一次——你能走出你那个所谓的文艺世界，来到现实中，看看正常人的生活，你就会明白自己有多不切实际！"

小萌摔门离去。

辛晴把自己狠狠扔到床上。

昏昏沉沉的天色，掩盖着施雨萌夺眶而出的泪水。长久以来积压在内心深处的压力、委屈、愤怒、沮丧、痛苦，如触底弹簧般在这一刻突然爆发。她曾以为辛晴的生活很完美，不想和她做比较，不想让辛晴同情自己。可实际上，她却又无时无刻不在做对比。强大的自尊，刺激着不够强大的心，换来的，终究不过是没有意义的自欺。

首都国际机场。

林熙拉着行李，坐上出租车。

"去桐叶原创工作室。"声音柔和清脆，不失坚定。

摘下墨镜，望着车外飞逝的夜景，她心不在焉地整理衣裙。容色清丽又气质高雅的姑娘，旁人多看两眼总是正常的。林熙通过后视镜，发觉到司机不时瞄来的眼神，嘴角扬起一丝微笑。

"麻烦尽快。我赶时间。"

工作室灯火通明，欢声笑语，今夜的主角却脱离人群，站在门外，一脸焦急。已经给辛晴打过无数电话，却迟迟未被接听，舒桐开始心慌。

"高扬，你帮我招呼一下，我去找辛晴。"舒桐冲回工作室，一把抓起抽屉里的钥匙。

"别啊！这都是你的客人，拿的也是你的小说，我总不能代替你给他们签名吧？"高扬忙拉住舒桐。

"舒桐哥！"林熙一把推开工作室大门，气场十足。

在场的人们，毫不吝啬地把目光投向这婀娜妩媚的身影。

林熙一眼望见舒桐，踩着细高跟，摇曳着柔软的腰肢，大步朝他走去。人群自动退闪出一条路来。

她并不在意男人们垂涎的目光和女人们不屑的眼神，直扑进舒桐怀里，两只胳膊紧紧环着他的脖颈。一切发生得太过突然。舒桐忙挣脱。林熙不放弃，亲热又用力地挽着舒桐的胳膊不肯撒手。

"林熙！放手！"舒桐本就担心辛晴，如今又在众目睽睽之下被林熙纠缠，心里不免窝火。

高扬眼看不妙，忙来拉住林熙，想办法救场："啥时候回来的？也不跟我说一声。走，哥们儿陪你好好聊聊！"

周围人群饶有兴趣地看着三人扭在一起。

"兄弟，你快走，去找辛晴吧！"高扬看林熙纠缠得紧，只能放舒桐走，"这儿我帮你撑着。"

舒桐挣开林熙，刚走出门，便一头撞上在门口徘徊的男孩儿。

瘦瘦高高的个头，清秀帅气的面容。

舒桐忙道歉。

"您好！请问辛晴在吗？"男孩儿的话一下锁住准备离开的舒桐。

他看着男孩儿，询问："您是？"

"我叫迟天，来给辛晴送东西。下午一起吃饭的时候，她走得急，把这个落下了。"迟天将礼物递给舒桐，"听她闺蜜说她们要来这里参加晚宴，所以……麻烦您帮我转交给她。"

迟天没有勇气面对心爱的姑娘和另一个男人亲密无间的画面，可又忍不住透过玻璃门望向热热闹闹的室内。

舒桐定定地望着迟天，想起辛晴曾说过不会赴前任的约。

林熙躲开高扬，追出工作室，一把抱住舒桐胳膊："舒桐哥，外边冷，咱们进去聊！"

"舒桐？"迟天一惊，目光转向舒桐的脸庞。惊异过后，是一阵翻江倒海的苦楚。他突然失去了礼貌，匆匆转身离去。

"这小帅哥是谁啊？"林熙望一眼迟天的背影。

舒桐没有回答，转身走进工作室。

"你咋回来了？人联系上了？"高扬忙凑上前。

舒桐不语，从高扬手里拿过高脚杯，将杯中红酒一饮而尽。

"怎么了这是？"

"不知道。无所谓。"林熙打发高扬走，"你快去陪大家吧。这儿有我看着。"

"你可别再乱来了！"高扬不放心林熙。

"我就是陪舒桐哥喝喝酒而已！去吧去吧！"

见高扬走到人群中，林熙跑去水吧，挑出一瓶 Zinfandel 干红，扭头看到舒桐独自走进办公室，便又多拿一瓶，跟了过去。

舒桐端着从高扬手里夺来的酒杯，在转椅上重重坐下，靠着椅背，闭起眼睛。

自己这是怎么了？

倒也不是过于在乎辛晴和前任的关系，只是这段恋情开始得太快，进展……也匆匆。她望向自己的目光——只是目光而已——便重新点燃了他消失已久的激情。来得太快的幸福，能否持续下去？他如此患得患失，是因为辛晴总在自己情到深处时的拒绝吗？

林熙拿着两瓶酒走进办公室，从舒桐手中接过空酒杯，斟酒，一股浓香扑鼻而来。

舒桐只一心沉浸在自己的思绪里，便没搭理她。

林熙不气也不急，将倒了酒的高脚杯递回舒桐手中。她清楚他的酒量。

"怎么了，舒桐哥？"

舒桐不语，将酒灌进空空的胃里。

"还没来得及恭喜你呢。我刚下飞机，还在机场的时候，就上网预订了你的新书，明天送到。好期待啊！《情结》，名字听起来也好吸引人哦！"林熙边说边将酒倒满大半杯。

情结？自己如今连女朋友的心结都解不开。

"我想一个人静一静。"舒桐又是一杯酒下肚，自己拿起酒瓶开始倒酒。

"我陪你。"林熙打定主意不会离开，"你要不想聊天，我可以不说话。反正这次回国，目的就是陪你，一直陪着你。"

舒桐不再言语，只是安静地喝酒。

林熙开了第二瓶，拿出手机给管家打电话："张叔，找个人帮我把我车开过来，我在桐叶原创工作室。"

不知不觉间，舒桐有些微醉，放下酒杯，伏在桌上，胳膊碰倒了空酒瓶。

第二瓶酒下肚。高扬敲门进来。

"小瑜他们拿来新书找你签名。"话音刚落，高扬突然满脸问号。屋里孤男寡女，舒桐伏在桌上一动不动，身边是两个空空如也的酒瓶和一只高脚杯。

"舒桐哥喝醉了。"

"咋整的？他从来不会多喝啊！林熙你干吗了？"

"我能干吗？他自己要喝我也没办法！"林熙摆出一副委屈的模样。

"外头一堆人等他呢！"

"可他现在醉成这样，留这儿也没用。"林熙支招，"要不，你留在这儿，直到 Party 结束，这里得有人看着。我现在送舒桐哥回家休息。"

舒桐迷迷糊糊一伸胳膊，推倒了酒瓶。酒瓶顺着桌子，眼看就要滚落在地，高扬眼疾手快，一个箭步冲过去接住瓶子。

"这么醉醺醺的，留在这儿也只是添乱……"高扬无奈，只能帮林熙把舒桐架起来，扶出办公室。人群好奇围观，高扬前言不搭后语地胡乱解释一通，便把舒桐扶出工作室，扶上林熙那辆停在路边的红色跑车。

"行了,进去吧!"林熙气喘吁吁地帮舒桐系上安全带,回头向高扬摆手,刚要发动汽车,高扬突然冲到车前,林熙一个急刹车,推开车门奔到高扬面前,指着他的脑袋大骂:"你找死啊!"

高扬委屈,告诉林熙,他突然想起舒桐家在五楼,没有电梯,怕林熙自己扛不动他。林熙一阵失望。她本打算直接将舒桐拉回自己家中,送舒桐回家只是瞒高扬的借口罢了。此时高扬要跟自己一起走,林熙无奈,只能答应。

车到楼下,两人合力将舒桐扛上五楼。

"就这破酒量还能干掉两瓶仙粉黛,留一群来祝贺你的人让我打发……舒桐啊舒桐,这账老子早晚要让你还回来!"高扬揉着酸痛的腰,瞪一眼床上不省人事的舒桐。

"行啦!安全到家。你快回去吧!工作室里还有那么多人呢!"

"你不走?"高扬立刻警觉地望向林熙。

"干吗这个眼神看着我?他现在这样,你放心让他自己待着?"林熙指指厨房,"那么多刀具呢!我留下来看着他。"

"林熙,别以为我不知道你啥心思!赶紧的,跟我一块儿走人!"

林熙一拳捶到高扬胸口,"我知道你在想什么。你放心,我肯定不会乱来。我是真的担心舒桐哥会出事!"

正说着,舒桐一翻身,滚下床。

两人忙又合力将他抬回床上。

"走吧走吧!我一会儿给他女朋友打电话还不行吗?等她过

来，我就离开！"林熙这话提醒了高扬。

高扬从舒桐兜中翻出手机，找到辛晴电话，刚要拨过去，林熙一把夺过手机。

"你赶紧回去，我来打。"

高扬张张嘴，刚要说什么，自己的手机突然响起——小瑜来电。林熙知道小瑜在催他回去，便借力继续打发高扬。高扬一边嘱咐她务必给辛晴打电话让辛晴赶紧过来，一边朝门外走去。林熙应付着，关上了门。

回到卧室。

舒桐沉沉地睡着，坚实的胸脯随着呼吸一起一伏。林熙缓缓走到床边，轻轻伏在舒桐身上，抚摸他早被自己抓的凌乱不堪的头发。这个男人，这骨子里透着成熟稳重的男人，为何让自己如此着迷。林熙找不到答案，只知道自己情愿用一生的幸福换他一个肯定的眼神。

屋内暖气从未像今天这样让人觉得又热又躁。舒桐感觉到了身上的重量，迷糊中，一只手开始掰扯着衬衫扣子。林熙欣喜，将舒桐手拿开，伸出自己那双纤细柔软的手，慢慢解开纽扣，脱去了舒桐的衬衫。

十九

"肺癌脑转移"——辛晴在搜索引擎中输入这几个字。

细细读着一条条搜索结果，她的心渐渐沉底。她讨厌背叛，任何形式的背叛。虽仍旧无法原谅，可她开始理解小萌。

绝望——小萌从未提过这字眼，辛晴却感受得清清楚楚。那双满是无助与不知所措的眼睛，出卖了小萌带着坚强面具的内心。这目光，辛晴记得，与石榴姑娘曾望向自己的目光一模一样。

石榴姑娘与辛晴，相遇在国道边的三轮车旁。

空旷的国道延伸向远方同样空旷的蓝天。辛晴驾着租来的旧车，孤独行驶在这冷冷清清的世界。这次城际间往返旅途，她决定自驾。一个人，本就无拘无束，连目的地都可以随心情改变，更何况交通方式？想到什么，便勇敢去尝试喽！

一辆农用三轮车突然出现在远处右侧视野中。驶近三轮，才发现旁边还站着一个一身非主流装扮的姑娘。辛晴将车停在应急车道，打了双闪。

"嘿！在这儿不安全！"辛晴好心冲姑娘喊道。

"你买石榴吗？"姑娘眼皮都不抬一下，语气里充满了不屑。

辛晴朝车上望一眼，一车石榴。再看看姑娘，十五六岁的年纪，一头金黄色炸毛，左耳戴了四只骷髅耳钉，脸上涂着浓浓的烟熏妆，低腰黑皮短裤下是破洞黑丝。夏末秋初的骄阳中，她叼着一根灭掉的烟屁股，靠着三轮车摆弄手机。

"我不买。你在这儿不安全！去别的地方吧！"

"不买就别废话。多管闲事。你现在不也在这儿停着吗？"姑娘终于抬起眼皮看了辛晴一眼。

"我临时停靠，马上就走。你也快离开吧！"

姑娘扫一眼辛晴的车,又盯住了她看向自己的关切目光,眼神如刀子般锋利。辛晴倒不害怕这眼神,依旧坚持让姑娘离开路边。

"你闲得难受是吗?"姑娘一巴掌拍在车头,车身一震,"你要是把我这一车石榴都买了,我现在就走!"

"我可没那么多钱。"辛晴并不生气。

"没钱就滚蛋!瞎操什么闲心!"

"卖不完就不走是吗?"辛晴问。

姑娘重新靠在三轮车上,不吭声。

"你看这路上,根本没什么车。即使有车路过,也不一定会停下来买你的石榴。"

"关你屁事儿!"姑娘刚骂完,突然意识到什么,顶着青春期特有的冲劲儿,较真儿道,"你自己都说了这儿没什么车,干吗还非要赶我走?"

辛晴哭笑不得:"有人在路边买你石榴的概率和你在这里受伤的概率,没有可比性好吗!"

"听不懂!说人话!"

辛晴决定不再啰唆:"你的目标是把这一车石榴卖完是吧?只要你肯离开这儿,我陪你一起去把这石榴卖了!"

姑娘吃惊地望着辛晴:"你神经病吧?"

"我看过地图,前边就是一个小城,咱们去那里。"

"你是不是傻!这儿就产石榴,到处都是种石榴的农民,谁会买?"

"谁说要卖给农民了?开上你的'敞篷',去城里,我帮你卖石榴。"

姑娘虽认为这开车的女司机不可思议,却也开始觉得与她的对话愈发有趣。

"卖不完,你就必须得都买了!"

"走吧!"辛晴微笑。

姑娘看看空旷的路面,觉得和这陌生人继续打交道比待在这里更有意思。她跨上三轮,熟练地踩离合、挂挡、加油……

姑娘沿着一条土路驶离国道。

辛晴小心翼翼把着方向盘,隔了一定距离,跟在三轮车后,琢磨着这小姑娘年纪不大,估计连驾驶证都没有……她看出姑娘不坏,但也做好了自己可能被置于危险的准备。辛晴从未放松过警惕,却也从未让这警惕束缚自己。

一边跟着三轮车扬起的尘土,一边观察着地图上自己的位置——没有偏离,姑娘带她抄了一条近道去最近的小城。渐渐地,周边开始有了熙熙攘攘的人群,沿途商店林立,商店后是一排排老旧的居民楼——所有小城都有的安宁。

姑娘将三轮车停在路边,辛晴跟着停稳了车。

姑娘走到车旁,挑衅地看着辛晴,道:"到了。你要怎么弄?需要我吆喝的话,我可以帮你扯两嗓子。"

"帮我?明明是我帮你好吗!"辛晴哈哈大笑,下了车,走到三轮旁,拿起一个石榴,细细端详。

"哎!想吃,必须得先给钱!"姑娘盯着辛晴的一举一动。

辛晴冲她笑笑:"不用。我会给石榴'看相',不用嘴巴就知道味道如何。不过说起价格,你这石榴怎么卖?"

姑娘饶有兴趣地望着辛晴:"三块多一斤,零头多少得看我心情。"

"呵!这么霸气!等着我哦。"辛晴锁好车,朝远处的超市跑去。

"喂!你要敢逃跑,我就把你车砸了!"姑娘冲着辛晴的背影大喊。

回到三轮车上,姑娘继续摆弄手机。

半小时后,不见辛晴人影;一个小时过去,辛晴依旧未归。姑娘急了,下车开始找砖头。

"喂!"远远传来辛晴的呼喊。

姑娘扔掉手里的石砖,站起身,只见辛晴满头大汗朝自己奔来。

"走吧,妹妹,送货去!"辛晴开心地笑着,姑娘瞪大了眼睛。

辛晴跳上三轮车,指挥姑娘拉着一车石榴,一一去往与自己谈好的几家私人超市和饮品店。又是一小时飞逝,两人在路边坐下,身旁是辛晴租来的汽车,和姑娘空空如也的三轮。

"怎么做到的?"姑娘呆呆地看着手里的一沓现金。

辛晴指指眼睛和嘴巴:"靠这两样,还有脑子。"

姑娘不懂。

"你的石榴质量高,而价格比那些超市原本的进价低得不只一星半点儿,再加上是私人开的超市,不像大超市那样有着严格的供货渠道,和他们谈就更容易了。至于刚才那两家饮品店,我是去跟老板聊了才知道石榴汁在这个季节有多受欢迎,他们店里的储备根本供不应求。所以啊,要会观察,还要能劝服别人。妹妹,得会动脑筋才行哦！"辛晴一边解释，一边细细观察姑娘的面庞，"看你年纪不大，应该还在读书才对。今天不是假期，也不是周末，你怎么不上学呢？"

姑娘低头不语，丝毫没有了初见辛晴时的嚣张。她从兜里掏出一个石榴，递给辛晴："给你藏的，吃吧，不要你钱。"

辛晴被感动了，接过石榴："谢谢！可是，你好像不太开心……怎么了？"

姑娘抬起头望着远方，心里早就放下了对辛晴的敌意与戒备，开始诉说。

姑娘很早便被父亲和爷爷抛弃，因为是女娃。妈妈为养活自己，去了大城市打工，只剩下自己和姥姥相依为命。姥姥靠着姑娘妈妈每半年寄来一次的血汗钱为生，又体贴女儿在外打工不容易，很早便开始种植石榴。石榴姑娘在石榴树下玩耍嬉戏，念书后，又在石榴树下背课文、写作业。姥姥坐在石榴树下，看着小姑娘一天天长大，自己的身体却日渐衰弱。

有一年春节，石榴姑娘的妈妈回到家乡，带着姥姥去了大医院。检查结果出来，姥姥被确诊为贲门癌。医生了解了老人的生活习惯后，告诉石榴姑娘和妈妈，得病原因很有可能与老人的饮食有关。

姥姥节俭，剩菜剩饭从来不舍得扔，即使发了霉也要想办法清理加热吃进肚里，加之长期食用粗食和当地最便宜的酸菜等腌制蔬菜，日积月累，便对身体产生了不好的影响。

姑娘和妈妈向姥姥隐瞒了病情。为了给老人治病，为了改善老人的饮食，妈妈回家的次数开始减少，石榴姑娘担起了照顾老人的责任。

姥姥要好好地活着啊！姥姥说过，还要来参加自己的婚礼，还要带着自己的孩子在石榴树下读书、玩耍……石榴姑娘决定，自己也要赚钱。

姑娘认识了在村口开理发店的小伙子，在他的引诱下，开始逃学，在理发店里打工，还换了一身行头，学了一身痞子气。青春期的姑娘，悟性好，学样有样。爹妈不管的姑娘，学校似乎也没了脾气，得知姑娘姥姥身体不好，不敢去家里打搅，便也作罢，任由姑娘逃学。

于是，石榴姑娘，成了此刻辛晴眼前的模样。

姑娘的故事，让辛晴心痛。她将胳膊环在姑娘肩上，像大姐姐一样。

"妹妹，姥姥的病要治，书，也要读。你是想继续傻傻地站在路边靠着碰运气卖石榴，还是想像今天一样，靠着动脑筋卖完一车石榴然后坐在路边数钱？"

姑娘抬头望着辛晴："姐，我想跟你一样。"

辛晴会心一笑。

"可是，"姑娘话锋一转，"我读书成才的速度，终究比不过姥姥病情恶化的速度。无论我妈妈再怎么拼命赚钱，也还是凑不够姥姥的医药费。"姑娘眼中涌满无助和绝望。

那一刻，辛晴突然意识到，这世上，有太多事情，是自己无能为力的。在生老病死的现实面前，一切未来与梦想，瞬间便能化为灰烬。只是，总还会有人，在灰烬中蜕变，获得新生。如果可以，她愿意成为别人破茧过程中的一把推力，就像艾琳曾将自己推出绝望的深渊一样。

或许，石榴姑娘依旧整日逃学，顶着一头金黄色炸毛，在村口理发店里挥弄剪刀。可她心里，已经深深刻下了辛晴灿烂的笑容和澄澈的目光，如种子般，只等破土而出的一天。

辛晴关掉电脑，回忆着石榴姑娘的绝望，那和小萌目光中一模一样的绝望。可是，小萌毕竟与石榴姑娘不同。

又相同。

都是被亲人的疾病所折磨的人儿，都是被生活逼到了绝处的人儿。

愤怒与委屈，渐渐被回忆化解。辛晴释然，心中突然充满感激——感激自己过去所经历的一切，感激自己曾在旅途中遇到的人、听到的故事。

经历，终将化作心境。

睁开眼，窗外夜色深沉，再看一眼墙上的挂钟，九点。

"舒桐！"辛晴一个激灵从床上跳起，与小萌争吵前发生的一切渐渐明晰：自己去烤肉季见小萌——迟天也在——离开烤肉季回家取礼物——争吵——小萌离开……

被自己的情绪淹没，全然已经忘了舒桐的新书庆功会。辛晴急忙翻出设置成静音的手机，看到二十多条未接来电记录，全是舒桐的名字，便匆匆回拨过去。

舒桐家，林熙从浴室走出，赤裸着来到卧室，打开衣柜。

一眼望见一件画了两只野天鹅的白色T恤，林熙甚是喜欢，将其捧起，嗅着上边洗衣液留下的清香——舒桐不喷淡香水时，身上就是这干干净净的味道。她将T恤套在自己身上，刚刚好盖住臀部。

舒桐手机铃响，林熙拿起手机，看到备注的"宝贝"二字，明白这就是辛晴——舒桐女朋友。林熙没有接，直接挂断。

辛晴觉得奇怪，重拨过去，电话又被挂掉。再拨，还是一样。辛晴急了，忙给高扬打电话。

"林熙没告诉你吗？就是我一个好朋友，一姑娘。"高扬语气充满疑虑，"舒桐喝醉了，我和林熙把他送回家后，我回来工作室，林熙留在那儿帮忙照顾。她说会给你打电话的。她没打？"

"哦……"辛晴想着自己手机一直静音，"可能用舒桐手机打过。我这里有好多他的未接来电。可是，我刚给舒桐打几遍电话，都是被故意挂断了。"

高扬也纳闷：难道林熙没走？

担心舒桐醉酒出事，辛晴匆忙对高扬说"再见"，挂掉电话，飞奔出家门。离舒桐家只有十分钟的步行路程，辛晴一路小跑，上楼到了门口，却发现走得慌张，忘了带舒桐家钥匙。

辛晴奋力敲门。

门开了，一个自己从未见过的姑娘，身上只穿了一件T恤——一件自己和舒桐亲手绘了野天鹅的T恤——出现在眼前。

姑娘湿漉漉的头发，泛着绯红的脸颊，让辛晴突然有些不知所措。她呆呆地望着给自己开门的姑娘。

"你找谁？"林熙并未意识到这就是辛晴。

辛晴退回一步看一眼门牌号，随即一把将林熙推开，冲进屋内，一边喊着舒桐的名字，一边直奔卧室而去。

床上，舒桐赤裸着上身，沉沉地睡着。

空气冷极了，透彻骨髓的冷。

辛晴失魂落魄走在大街上，耳边回荡着林熙娇滴滴的声音。

清晨的阳光，在窗帘被拉开的一瞬，直挺挺刺进屋内。舒桐觉得眼前晃得厉害，头痛欲裂，勉强抬起眼皮。一双大眼睛正扑闪着望向自己。

这不是自己梦中那双澄澈的眼睛。

舒桐突然清醒，林熙脸庞渐渐清晰，他猛地坐起身。

"醒啦？"林熙羞答答的微笑，让舒桐愈发头痛，看到她身上的白T恤，胃里更是一阵翻江倒海。

"这是怎么回事儿？"舒桐发觉自己一丝不挂，厉声质问林熙。

林熙满脸无辜，眼里竟突然含了泪水。她哽咽着向舒桐解释，自己昨晚与高扬一起把他送回来，高扬离开后，她见舒桐开始撕扯衬衫纽扣，便帮他脱上衣，希望他能睡得安稳。谁知他一时情乱……

舒桐不相信。

林熙继续解释：后来自己去洗了澡，刚出来，有人敲门，是个女生，一看到开门的是自己，就离开了。

舒桐用被子裹起身体，冲到桌前拿起手机。

有辛晴的未接来电。

舒桐头痛欲裂，拼了命想要回忆昨晚的事情，却只能忆起自己在工作室里喝酒。

"舒桐哥，你是不是生气了……"林熙凑过来，小兔子一般心惊胆战，"对不起……我不该顺着你……可我们，明明一直很开心……"

"闭嘴！"舒桐从没像现在这样愤怒过，林熙的眼泪"唰"地涌出眼眶。

舒桐将林熙赶出卧室，抓起外套套在身上，拿起手机，匆匆换上鞋，他不顾林熙在身后的挽留，冲出家门。

辛晴曾听过许多爱情故事。幸福的结局从来没有新意，不尽如人意的故事却往往会深深扎根在记忆里。

布鲁塞尔街头，流浪歌手蓄着灌木丛般的大胡子，戴一顶破草帽，弹着吉他唱着歌。他看向辛晴，冲她微笑点头。她回以暖暖的笑，在他的伴唱下，她旋转、舞蹈。默契合作过后，意外得来一笔不菲的收入。他为辛晴买来热狗，将吉他箱中各色纸币硬币分成两拨。

"这是我的，这是你的。"

辛晴笑着摇摇头，告诉他，她之所以跳起舞来，是因为他的歌声给她带来了快乐。

大胡子说，我前妻也曾跟你一样。

辛晴啃着热狗的两片面包，静静倾听。

177

大胡子和前妻，因为一杯啤酒，离了婚。

前妻在家中发现一杯喝掉一半的啤酒，杯口有一枚唇印。前妻说，自己从来不用这个色号的口红。

发现唇印的是前妻，以此为由提出离婚的也是前妻，离婚第二天便和新欢同居的还是前妻。

大胡子说，他知道，那不是新欢。

一年后，大胡子依旧单身，流浪到布鲁塞尔街头，弹着吉他唱着歌，身边是一位来自东方的姑娘，旋转、舞蹈、欢笑。

故事讲完，大胡子执意将钱留下，继续弹着吉他唱着歌，渐渐消失在远方。

辛晴拿着一捧零钱，买下卖花姑娘所有的花，送给孤儿院的孩子们。

舒桐在门口呼喊，连敲门声都开始变得着急。

辛晴打开门。

他一把将女友紧紧拥入怀中。

"昨晚什么都没有发生。"

"可你醉了，怎么知道……"

舒桐捧起辛晴脸颊，盯着她的眸子，不容质疑的目光直直看进她心里去。

"什么都没有发生。"

辛晴相信。

舒桐说什么，她都信。

二十

恼羞成怒离开舒桐家,林熙突然不知自己该去往哪里。冰冷的空气在体内割开一道血淋淋的口子,她只觉浑身上下没一处舒服地儿。正要上车,左脚突然踩到一摊软乎乎的东西。低头看去,林熙开始干呕,仿佛五脏六腑都要吐出来才过瘾。

狗屎!

她冲向天空大骂,不骂狗,不骂遛狗的人,骂的是自己。

骂痛快了,楼上冒出一个肥嘟嘟、胡子拉碴的大脸蛋子。

"你神经病啊!大清早的让不让人睡觉了!"

失意时,全世界都在跟自己作对。

林熙没搭理那悬在窗口的脑袋,一瘸一拐走到后备厢,拎出一双崭新的黑色羊皮短靴,脱下脚上高跟鞋顺手扔进垃圾桶中。

回到车里,林熙调出导航,直奔北戴河。三个多小时的车程,她安静地开车,什么都不愿意想,可脑子里却偏偏像用502粘了一堆鸡毛似的。

乱。

到了海边,坐在沙滩上,头顶灰蒙蒙的天,眼前阴沉沉的海——目光所及之处,皆是舒桐那张被怒气扭曲的脸。

自小没受过任何委屈,可大小姐的脾气偏偏在这个男人面前没了脾气。

林熙抽掉三支香烟,光着脚在冰凉的海水里沿海岸跑了数百米。

海风声、海浪声、喘气声——一个人承包了整个海滩，也承包了所有孤寂。

许久。她离开这一片冷清，返回车内。

谁不曾有过揉碎了委屈往肚里咽的时候？借着刺骨的海风醒醒脑子，爬起来，她依旧是林熙。

排气声浪冲击着耳膜，车子咆哮着奔向京城。

入夜。夜色凝重如泼墨般淋漓尽致。车窗隔着城市的喧嚣，划开一片模糊冰冷的世界。林熙在高扬家楼下停住，拿出手机。

"老高，下来，我带你吃串儿去。"林熙抬头望望高扬家亮着灯的窗口。

高扬应了一声"好"，停下手中的笔，合上本子，走出家门。只要林熙需要，自己可以随时报到——打小就养成了的习惯。

酒精、烟草、烧烤，逆着冬夜的料峭，挑逗起每一根神经。谁说只有炎炎夏日的傍晚，串吧才会热火朝天？

"不醉不归！"林熙从吧台拎来两打啤酒。

高扬也不说话——似乎满肚子沉甸甸的心事。他拿来启子，一气儿开了一打酒，给林熙倒上一杯，自己却直接拿了酒瓶开始往肚里灌。

"干吗？瞧不起人？"林熙将杯子推开，抄起酒瓶。

"女孩子家，少喝点儿。"高扬半天终于吐出这一句话来。

林熙不听，伸过瓶子去和高扬碰。

容不得高扬说话——高扬似乎也并没有再开口的意思——林熙

边喝边冲他吐苦水。高扬也不知是否听进了林熙的话,只是不停地喝酒,渐渐有了些许醉意。林熙也有了醉意,情绪激动,倾诉完对舒桐的痴情,高声质问道:

"要是……我早一点采取行动……在舒桐哥遇到辛晴前就去表白……结果会不会不一样?"

高扬没有回答,低着头看着桌上一堆光秃秃的签子。脚边是一打空啤酒瓶。林熙站起身,扶着桌子晃晃悠悠走到高扬身边,拽着高扬胳膊使劲儿摇晃。

"你说啊!回答我!"酒精上了头,林熙摇晃得越来越疯狂。

高扬握着最后一瓶啤酒,想将酒送入口中,却被林熙摇晃得拿不住瓶子。酒瓶从手中滑落,酒洒了一身。

高扬"哇"的一声痛哭起来。这一号啕大哭不要紧,把本就有些醉的林熙也吓哭了。林熙疯狂地捶打着高扬:"你混蛋!你哭什么!你爱的人又没有被别人抢走!该哭的人是我才对!"

高扬一边哭,一边开始自言自语:"谁都能成功,就我一事无成!跟我谈梦想……没钱,就别他妈谈什么梦想!"

林熙一个趔趄没站稳,跪倒在地。她也没力气站起身,便趴在高扬膝上,仰起头呆呆地望着他,被他的痛哭流涕吓坏——二十年来,她从没见这家伙掉过一滴眼泪。林熙听着高扬的哭诉,听得入了迷,竟忘了今晚自己才应该是哭诉悲痛的主角。

这一晚,林熙第一次彻底了解了他。

高扬从小就是个有天赋的孩子,对文字敏感,感情细腻,自学写字起便开始创作。从最简单的童谣,到数十万字的小说——高扬握着手中的笔,自信地写啊,写啊……小学毕业,两百万字的积累让他突然有了找寻读者的冲动。他拿着厚厚一沓书稿,兴奋地跑去父母面前。父母立刻灭了他出书的愿望,理由如下:一家里条件有限;二高扬毕业考除了语文,所有科目均不及格。

高扬倔强,开始想办法:给各种杂志投稿——拿着母亲给的饭钱,买信封和邮票,乱投一气。没想到,竟有不少杂志社给了回音——只是这些杂志社的名字,高扬并不熟知,且回信似乎都是一个模式:只要交一百块钱的费用,就能参加杂志社举办的小说大赛,百分百获奖,还承诺将好的作品集结出书。

小高扬高兴坏了,拿着回信骄傲地跑去父母面前。父母不同意。

刚迈入青春期的男孩,倔脾气上来,非要证明自己。冲动之下,从妈妈钱包里偷拿两百块钱,给两家杂志社寄了过去。不久,杂志社再次寄来回信,说高扬的作品获奖了,只要再花两百块,便能出书。

只是这次的信,落入母亲手中。母亲知道了高扬偷偷给杂志社寄钱的事,高扬挨了一顿痛打,屁股上留下棍子抽过之后的血痕。这顿打,并未让高扬死心,他仍坚持文字创作。语文成绩依旧维持着班里最高分,其他科目一概不行。

高扬上了高中,父母明令禁止他写小说,让他全身心投入到学习中去,准备高考。高扬瞒着父母,每晚躲在被窝里,打着手电筒偷偷地写。别人的青春,充斥着蒙起被子偷看小说的回忆,可高扬的青春,有的却是躲在黑暗中借一丝光亮偷写小说的苦涩。

只是，这样的日子并未持续很久。

高二的一天，高扬一个疏忽，上学前把日记本落在了床上。母亲看到里边的内容，发现高扬一直都在瞒着家人写小说，心思依旧未放在学习上。母亲非常生气，待高扬放学回来，责怪，怒骂。

"你为什么看我日记？我在这个家里连一点隐私都没有吗？"高扬压抑了很久的怒气终于爆发。

"我看了怎么了！"母亲又急又气，开始蛮不讲理，"你的日记就是得让我看！"

借着青春期的冲劲儿，高扬狠狠顶撞了母亲。

母亲突然晕倒。

母亲一场大病。

高扬自责不已。

病床前，母亲对着高扬声泪俱下。她告诉高扬，好好学习，参加高考才是正道。家里几辈人或务农或经商，如今全靠高扬这根独苗出人头地，弥补家族里没有做学问之人的遗憾。

看着母亲憔悴的面容，高扬情绪激动，跑去荒野里烧掉自己从小到大写的所有小说。一千多万字的心血，随着滚滚浓烟消失在苍茫的天空中。高扬发誓，从此好好学习，再也不动笔墨。

然而一年后，高考成绩并不理想，高扬感受到了父母深深的失望。

"从小到大，除了语文，别的课老子从来就没听过！我把所有语文老师都当成亲妈！"

"你……没有男的语文老师吗……"林熙醉得透透的,整个人开始飘。

"男的也是妈!"高扬醉得一塌糊涂。

座无虚席的礼堂。高扬站在高高的讲台上,热情洋溢地冲着观众讲述自己实现梦想的经历。一位漂亮姑娘拿着一捧鲜花走到高扬面前,与他合影,还拿出他的小说索要签名。高扬看着姑娘满脸幸福,听她滔滔不绝地讲自己从书中获得了怎样的收获……说着说着,姑娘精致的脸蛋,突然变得乌黑,煤炭一般,原本红嘟嘟水润润的小嘴,像匹诺曹的鼻子迅速变长,尖如鸟喙。高扬呆在原地,眼睁睁看着美女在自己面前变成一只乌鸦。

"啊——啊——"乌鸦扯着嘶哑的嗓子,飞向空中。礼堂突然变成一片荒野,高扬身边,是一摊灰烬。他惊恐地奔跑,想要逃出这片荒芜的土地,却失了方向。飞走的乌鸦又返了回来,高扬眼瞅这黑黢黢的影子如子弹般朝自己射来,欲逃,浑身却突然被无形的绳索捆住。乌鸦越飞越近,高扬看到了那犀利的眼睛,那尖锐的鸟喙,他想叫,叫不出声,想跑,动弹不得。恐惧之中,高扬紧紧闭上双眼。

"啊——"窗外,乌鸦飞过老式居民楼上空。

高扬猛地睁开眼,撞上舒桐带着笑意的目光。

"终于醒了……"舒桐长出一口气,"你不记得昨晚干什么了吧?"

"记得啊！我跟林熙出去喝酒，然后就回家睡觉了。"高扬坐起身，大脑一片空白，还在琢磨小姑娘为什么突然变成乌鸦，乌鸦又怎么突然变成了舒桐。

"那你现在为什么在我家，在我床上躺着？"

高扬望望四周，一脸迷茫，却彻底从梦中醒来。

舒桐无奈："我来告诉你吧！深夜两点，你跑来我家敲门借钱，因为出租车司机不肯收你从裤子里掏出来的烤饼。"

高扬一愣，急忙掀开被子，发现自己全身赤裸，他合上被子，一脸无辜地问："你昨晚把我怎么了？"

舒桐使劲儿给了高扬一拳："俩大老爷们儿，我还能把你怎么了？你来我家的时候，衣服上洒得全是酒，还有你的呕吐物……"舒桐实在不愿回忆昨晚的场景，撇嘴继续道，"我瞅你那熊样儿，想着如果送你回家，我还是得在你那儿照顾你，所以干脆留你在这儿过夜得了。"

"我衣服怎么没了？"

"不把你脏兮兮的衣服脱了，我怎么能让你躺在我这干干净净的床上？"

"那你也不能连我裤衩子都给脱了啊！"高扬因为着急，嗓音竟突然变得出奇尖锐，舒桐觉得这声音实在好笑。

"你内裤里全是饼渣子！"舒桐哭笑不得，"你以为你拿给出租车司机的那块儿饼是从哪儿掏出来的？"

"我的妈呀……"高扬听了舒桐的话，觉得自己这次丢人丢大发了，"我高扬以后没脸见人了……"

舒桐摇摇头,把一身干净衣服扔给高扬:"穿好了出来吃早餐。"

饭桌旁,高扬带着晕乎乎的脑袋落座,不停揉着太阳穴。

"锅碗瓢盆全没了,只能下楼买些早点。"舒桐将豆浆油条推到高扬面前。

"全没了?什么意思?"

"被你砸了啊。你真的什么都不记得了?"舒桐哭笑不得,"从没见过像你这样酒品差的人,干了坏事儿还赖账。"

高扬越回忆越头痛。

"昨天半夜,出租车司机走后,你进屋就开始耍酒疯。自己瞅瞅厨房。"

高扬顺着舒桐的目光望去,原本干净整洁的厨房,此刻就像刚被贼光顾了一般:一地碎盘子和变了形的炊具。

"吃完饭不准走,留下来帮我收拾。"

高扬一巴掌狠狠拍在自己脸上:"兄弟,我对不起你……"

"态度还算不错。"舒桐开玩笑。

高扬端起豆浆,突然想起什么,小心翼翼地问:"那个,昨晚,我有没有说什么胡话?"

"没啊。你很自觉地占了我的床,躺下之后就呼呼大睡,还打呼噜,震天动地……我窝在沙发上瞪着眼一直到天亮。"舒桐镇定地吃油条。

"那就好……"

舒桐扫一眼高扬紧张的脸庞,决定将昨晚的事情烂进肚里。

高扬不知道的是，自己将舒桐厨房砸得稀巴烂后，又一边骂骂咧咧，一边把在串吧与林熙讲过的话原原本本说了一遍，末了，还指着舒桐的脑门，破口大骂。

"你舒桐，有什么本事！不就出了本小说吗！凭什么你写的第一本就能顺利出版，我写了上千万字就只能被烧得毛都不剩！"

舒桐了解了高扬的痛处，明白原来高扬一直以来视若珍宝的那个本子里，是他时隔若干年后重新拾笔创作的作品。舒桐心里暗暗决定，如果可以，一定要帮兄弟一把。

他看出高扬不愿再多想昨晚之事，便转移话题："我手术日期确定了，下周五。"

"终于要切息肉了。晴姑娘可是大功臣。"高扬的情绪倒恢复得快，说好就好。

"告诉你们家林熙，以后不要来找我。我不希望我和辛晴中间有任何人插足。"

"她到底干啥事儿了？昨天晚上找我喝酒就是因为你。你把她拒绝得透透的？"

"她趁我喝醉，在我家过夜。辛晴误会了。"

"色诱啊！她还真能干出这事儿来……怪我，疏忽大意了。"高扬恍然大悟，即刻又小心翼翼地观察着舒桐的脸，"你俩……不会真的……"

"没有。"舒桐淡淡的语气中，是不容置疑的坚定，"我跟晴儿解释过了。麻烦你也好好劝劝你这青梅竹马。"

高扬喝着豆浆，若有所思。

二十一

北京南站，七小时的高铁之旅后，舒桐父母一下车便迫不及待地伸展着僵硬不堪的身体。

"儿子要给买机票，你非不让。"舒父从背包里拿出围巾，贴心地给老伴儿围好。

"哎哟，我坐不了飞机，害怕。儿子这不体贴我，给换成火车嘛。"

"什么害怕，就是仗着儿子孝顺而已。现在有个词儿很流行，叫什么来着？"舒父轻轻拍着脑门儿，"啊，想起来了：任性！你啊，也一把老骨头了，别老给儿子添乱。"

"咋说话呢？"

老夫老妻，一边拌嘴，一边跟着人流朝出站口走去。

拥挤的人群中，一只手伸进舒母口袋里。

两人毫不知情。

送走高扬，看着一上午的打扫结果，舒桐庆幸自己做出了让高扬帮忙的正确决定。他匆匆换好衣服走出家门，开车直奔南站。

舒桐戴上蓝牙耳机，拨通女友电话。

"丫头，我现在准备去接爸妈了。"

"要不，我今天就不去了……"辛晴忐忑不安。

"别担心，有我在。"舒桐开玩笑，"丑媳妇儿早晚还得见公婆呢，我媳妇儿这么漂亮，怕啥？"舒桐早已将辛晴考虑进自己的未来，脱口而出这句"媳妇儿"，他竟毫无觉察。

放下手机，辛晴呆坐在床上。

自己从来就处理不好家庭关系。早早脱离了家人，独自在这个世界长大的辛晴，已忘记如何与父母一辈打交道。被父母宠爱呵护是什么滋味？青春期与更年期激烈的碰撞是怎样的经历？伤心难过之时有温柔的怀抱和坚实的肩膀是何种幸福——这一切，只在辛晴的生命里留下一张白纸。

遇见舒桐，听他聊着童年，听他谈起父母，听他亲昵地叫着爱称，辛晴意识到，融入这个男人的家庭，只是早晚的事。可习惯了无牵无挂的自己，真的能适应吗？

顺利到达车站，舒桐迅速赶往出站口。母亲手机关机，他便拨通父亲电话。十分钟后，一家三口终于团聚。

"妈，手机没电了？"舒桐从母亲手中接过行李箱。

"有啊，我在车上还充了会儿呢。"舒母说着便把手伸进上衣口袋，"哎？我手机呢？"

"行李箱里有吗？"

"没在箱子里！"舒母急了，"我下了车还拿手机看过时间，看完直接给搁兜里了！"

舒父提醒，刚才人流拥挤，挤掉或者被偷也有可能。舒母仓皇失措，欲逆着人流从出站口原路返回，舒桐忙拦住母亲。

在儿子和老伴儿的劝说下，舒母虽同意放弃寻找，离开车站，却依旧心有不甘，一路不停责怪自己粗心大意。

"行啦，妈，我明儿再去给你买一个，不是啥大事儿！"舒桐对母亲一向温柔体贴，若不涉及原则问题，从来都顺着她。

舒桐还年幼时，舒父便常教育儿子："你妈妈生你不容易，你要听妈妈的话，无论如何都不许惹她生气！现在有爸爸保护妈妈，等爸爸老了，就得你上场喽！"

舒桐是孝子，邻里皆知；孝子本科一毕业，就和女友私奔，街坊也传了个遍。舒母一直认为，是儿子交女友不慎，被一个不着调的女孩带坏了。自此，她便落下一块儿心病。

带着二老回到家中，舒桐打了招呼，便再次出门接辛晴。

"瞅瞅，还没娶进门儿呢，就这么娇惯！"见儿子下楼，舒母撇着嘴冲老伴儿抱怨，"以后要真成家了，桐桐指不定得被欺负成啥样儿……"

舒父不搭腔，自顾自收拾行李。

牵着女友的手回到家门口，舒桐兴奋地望着她的脸庞——领女友见家长，在他心里，是颇具里程碑意义的事。

辛晴目光里却是掩不住的紧张与茫然。

"别怕，只要做你自己就好。"舒桐愈是温柔，辛晴愈是慌乱。她突然怀念起过往旅途中轻而易举便与陌生人打成一片的自己。

走进家门，两双目光齐刷刷向辛晴投来。

"伯父，伯母！"辛晴像小兔子般，小声打招呼，"长途劳累，辛苦了。"

"不辛苦,不辛苦!"舒父笑着起身,"来,孩子,坐下喝杯茶。"

舒母点头示意。

舒桐紧紧牵着辛晴的手,将她带去沙发前。

"姑娘,你是做什么工作的?"舒母仔细打量着辛晴,见姑娘面容清秀,长相挺讨人喜欢,便眼含笑意地问。

"我还没工作。"辛晴很诚实。

舒母脸上的笑容突然僵住。舒桐忙插嘴道:"哦,小晴文笔不错,现在在我工作室帮忙,是我惜才,不愿意放她走。"

"还是要找个固定工作,给你帮忙又不是工作。"舒母也不知在对谁说,"以后家里总靠你一个人赚钱根本不是办法。"

辛晴不语。舒父喝口茶道:"儿子工作室里要是缺人手,留在那儿也不错啊!两人相互在工作上也能有照应。"

舒母白了老伴儿一眼,继续询问:"你爸妈都是做什么的?"

"我妈妈在我很小的时候就去世了。爸爸是生意人。"

"单亲家庭长大的?"舒母脸上彻底没了笑意。

辛晴甚是听不惯这鄙夷的语气:"没有。我爸没管过我,我自己在寄宿学校长大的。"

舒桐眼看气氛越来越不对,忙一把搂住辛晴,轻拍辛晴后背,笑着打圆场:"晴丫头自理能力很强,哈哈!她自己旅行都没问题。我俩共同语言特别多,特能聊得来。"

"你也爱到处跑着玩儿?"舒母脸色变得阴沉。

"是去过不少地方。"辛晴感受到了舒桐的安慰,却也看出舒母写在脸上的不高兴。她努力让语气显得柔和。

舒母不再说话，喝起茶来。舒父急着给儿子使眼色，却见儿子目光始终在女友身上，便放下茶杯，问道："儿子，卫生间在哪儿啊？你带我去吧。"

"就在那儿。"舒桐指指卫生间的门。

"你带我去。"舒父站起来，坚持让儿子陪自己。

舒桐看到父亲的眼神，会意，刚要起身，却觉到了辛晴紧紧拽着自己的衣角。他拉起辛晴的手，温柔地看着女友慌张的眼睛："没事儿。"

舒母清清楚楚将这一幕看进眼里，心中更是不快。

舒父和儿子一前一后走进卫生间，忙小心翼翼地把门锁上，悄声说道："你怎么哪壶不开提哪壶？"

舒桐迷茫。

"你妈最不喜欢的就是你找了个跟你前女友一样的女孩儿！她不喜欢那种天天不着家的姑娘。"

"小晴和施雨宁不一样。"舒桐很无奈，"只不过她的爱好就是旅行啊！这怎么了？"

"你觉得没什么，你妈可不这么想。她希望你能找一个温柔、体贴、顾家的姑娘，能好好照顾你。太有性格的人，她不喜欢。加上你前女友抛弃你的事儿，你妈就尤其讨厌天天到处乱跑的姑娘。"

"爸，那您怎么看？"

"我？"舒父一愣，"我无所谓啊，只要你们聊得来，相互真心对待，能白头偕老，我也就放心了。"

"那您能帮我劝劝妈吗？"舒桐一脸诚恳，"我真的很爱小晴。她虽然在单亲家庭长大，但她很阳光，性格上没有缺陷。她爱旅行，可她也爱我。我知道，她就是那个能陪我一直走下去的人。这丫头从小就没了妈妈，她也很渴望一份母爱。我不希望我妈始终戴着有色眼镜看待她。"

舒父从没见儿子如此认真："我会努力，可是你妈的脾气，你也不是不了解。我看呐，你私下也跟姑娘解释解释，让她耐心一些。"

"我会的。您一定得帮忙劝劝我妈！拜托了！"

父子俩走出卫生间。

"爷俩儿感情好还是咋的？连上个厕所也要形影不离？"舒母嘲讽道。

"对对，这不好久没见着了嘛。"舒父打哈哈。

"爸，妈，你们好好歇着，我跟小晴给您俩做饭去！"舒桐拉着辛晴站起来。

"我去帮你。"舒母说着也要起身，舒父忙将她拉住。

"你去干什么？孩子们想尽尽孝心，你就好好坐着陪我喝口茶吧！"

"就是，妈！您陪爸喝茶就行。"舒桐拽着辛晴大步朝厨房走去，一进厨房，便准备关门。

舒母眼尖："哎！怎么还关门啊！"

"怕油烟飘屋里去。"舒桐从门口探出脑袋，笑着解释，"抽油烟机该清理了，不太好使。"

舒母见厨房门关上，忙起身蹑手蹑脚走过去，将耳朵贴在门上。舒父见状无奈极了，奔过去将老伴儿一把拉回来。

"干吗？防贼呢还是谍战片看多了？"

舒母拗不过舒父，撇着嘴重新在沙发上坐下。

辛晴和舒桐，看着房门磨砂玻璃上人影消失，这才开口说话。

"你妈妈讨厌我。"

舒桐一愣，没想到辛晴的话说得这么直："没有啦！她还不了解你。耐心一些，多给她点儿时间。"舒桐温柔地将女友搂入怀中。

"需要我做什么？"辛晴准备好打下手。

"不用，陪着我就行。不想让你一个人坐在那儿，浑身不自在。"

辛晴是觉得不自在，她不明白为何舒母语气中一直夹着敌意。这种不自在，从辛晴进门开始，便随着时间线不断向前延伸。厨房中，在舒桐柔声安慰下，辛晴决定，要努力让舒母接受自己。

饭桌上，辛晴始终面带微笑，舒桐也不时在母亲面前夸赞辛晴，只是舒母似乎心不在焉，对一切漠不关心。辛晴突然觉得好累。

"桐桐，我手机备忘录里还存着几张银行卡的密码。"舒母正吃着饭，突然打断舒父对辛晴的嘘寒问暖，"怎么办？"

舒桐嘴里正塞着一口牛肉，辛晴见状便替舒桐回话道："伯母，最好赶紧去银行把密码改了。我一会儿没事儿，可以陪您去。"

"让桐桐陪我去，银行卡密码吧，还是自家人在场比较好。"

舒父忙在桌下轻轻踩了老伴儿一脚，舒桐差点儿被嘴里那口肉噎到。

辛晴不再言语，只是低头吃着自己碗里的东西。

从没有哪顿饭吃得像今天这么别扭。

二十二

手术室门口，辛晴焦急地靠在长椅上，闭起眼睛。舒桐十一点进了手术室，两个小时过去，"手术进行中"几个字依旧亮着。舒父要陪舒母下楼吃午饭，辛晴说自己早饭吃得晚，婉拒了舒父共同用餐的邀请。

"这里也离不开人。我在这儿守着，伯父伯母，你们快去吃饭吧。"辛晴说。

看着舒父舒母离开，辛晴心里五味杂陈。

习惯了一个人旅行，一个人生活。一路上，成长总是和孤独相伴——受伤时没有肩膀可以依靠，喜悦处也只有自己独自鼓掌。可再寂寞，一转身，眼中还有辽阔的世界。辛晴在这世界里独自前行，曾追风逐雨，对着电闪雷鸣的天空高歌，也曾安静坐在地铁站长椅上看人海匆匆。

匆匆人海，追赶着时光川流不息的步伐。辛晴站在人海外，自由自在。

人，最复杂的动物，最擅长转身离开。

母亲去了另一个世界，父亲将自己丢在寄宿学校，所有亲人也似乎都遗忘了辛晴的存在。她不再渴望和任何人建立亲密关系，因为她知道，这些人，最终都会弃自己而去。

想不被抛弃，就要学会离开。

当火车一站站远去，时光一点点将过往抛在身后。辛晴发现，自己终于学会开怀大笑。

每到新的地方、看了新的风景、见了新的陌生人、听了新的故事，辛晴便会继续前行。某时某刻的心情、某地结识的新朋友，通通留在回忆中，不留恋、不眷念。

过于亲密，就会有抛弃——辛晴决不允许这种事情再次发生。

她开始与陌生人交心。一个人在旅途中，很容易向陌生人托付真心。

一面之交，可以抛开假面做最真实的自己；挥手再见，依旧是陌生人，你我的交谈，不过是漫漫时空中某时某刻某地发生的故事——谁也不会因为陌生人的离开而受伤。

习惯了和陌生人相处，辛晴渐渐忘记如何处理即将到来的亲密关系。

如今，再次拥有爱情，她愿意为舒桐做出改变。她从未像现在这样想要处理好一段人际关系——自己与舒桐父母的关系。这种渴望，出现得毫无逻辑可言，就像感情总是来得无凭无据、毫无道理一样。

舒桐父母吃罢午饭回来，舒父为辛晴拿来面包。

"来，孩子，到了饭点儿，好歹也要垫垫肚子。"舒父将面包放入辛晴手中,"你太瘦了,更得按时吃饭。"

"谢谢伯父!"辛晴感激,却毫无胃口。手术进行得如何?舒桐在手术台上肯定很痛苦……

舒母在辛晴身边坐下,看一眼手术室大门,又看看辛晴,问道:"姑娘,你跟桐桐,商量过结婚的事儿吗?"

这问题来得太突然,辛晴依旧诚实回答:"还没有。"

"那你有跟我们桐桐结婚的打算吗?"舒母始终惦记着儿子和前女友谈了五年恋爱无果而终的事。

辛晴考虑一番,点点头。

舒母有些介意,以为辛晴是在犹豫。

"结了婚,打算什么时候生孩子?"

辛晴大吃一惊,却也如实相告:"我们从没聊过孩子的事儿。我自己暂时也没这个打算。"

舒父看不过去,劝说老伴儿:"孩子们这才刚谈恋爱没多久,哪能考虑得那么远?"

舒母脸上写满不快:"就是因为他们没考虑,咱们这些做家长的才要多操心才是!儿子今年都三十了,要不是之前那个叫施雨宁的拖了桐桐五年,我现在早就当奶奶了!"

说罢,舒母将目光转向辛晴:"姑娘,我就跟你直说了吧。我希望儿子早点结婚成家,赶紧生孩子。毕竟他年龄在那儿摆着。我和他爸爸,都是家里的老大,我们那些弟弟妹妹,早就抱孙子抱外孙了,只有我俩现在还在操心儿子的婚事。别的都先抛开不管,如果你在结婚的事情上犹豫,还没有生孩子的打算,那我看,桐桐可以再找一个女朋友了。"

辛晴待在原地，委屈、生气、不解一股脑儿涌进心里，搅得她不知所措。舒父也没料到老伴儿这突如其来的直白，一时有些怒气。

"说什么呢！儿子还在手术台上躺着，你说这些干吗！"

正说着，手术室里有了动静，门被推开，医生叫着家属。三人之间尴尬紧张的气氛瞬间被打破，辛晴冲过去，舒父和舒母也忙跑到病床前。

舒桐躺在床上，鼻腔塞着纱条，被医生和护士推出手术室。麻醉已过，舒桐有些兴奋，不停扭头说话，像孩子一般，询问："小晴呢？我爸呢？我妈呢？"

舒母一把握住舒桐的手："妈妈在呢！"

辛晴红了眼圈。

医生告诉大家手术很顺利，叮嘱两小时内不要让病人睡着，随后让护士帮着家属将舒桐推回病房。

舒桐看见母亲，看见父亲，直到看见辛晴也在身边，这才安静下来。

辛晴一路默默陪着，回到病房，舒父舒母忙左忙右照顾舒桐，辛晴欲上前帮忙，却屡遭舒母貌似不经意实则刻意的阻拦。原本就心疼术后男友的辛晴，心里积压的情绪仿佛随时可能会爆发。

她跑去卫生间，将自己关在隔间里，眼泪大颗掉落。

擦干泪，她迫使自己冷静下来，面带微笑重回病房。

屋内，多了两个身影。

林熙正亲昵地握着舒母的手，坐在舒桐床边，身旁是一捧艳丽的玫瑰。高扬站在舒父身边,看着林熙,一脸尴尬。舒桐正四下张望,看到辛晴出现在门口,这才放下心来。他示意女友到自己身边,一把牵住她的手。

林熙看进眼里,却依旧面不改色,陪舒母聊天。

"谢谢你们,专门来探望桐桐。"舒母向高扬和林熙道谢。

"阿姨您别客气!这几天辛苦您啦!晚上您和叔叔想吃什么?我对北京倍儿熟,带你们去吃好吃的吧!"

"不用,叔叔阿姨还得留在这儿照顾桐桐。"舒母似乎早就被林熙的热情开朗感染,"闺女,你是北京人?户口就在这儿?"

"对啊!打小在这儿长大。我爸是林氏集团董事,我现在也帮他管着一个分公司,平时工作太忙,所以没能及时去看望您和叔叔。"

"没事儿!工作忙点好啊!阿姨就喜欢有正经工作的闺女!"

舒桐握紧了辛晴的手,目光始终不离女友。

"妈,我想静一静。"

"不行!大夫说了你现在不能睡着。我们聊天,你听着,正好防止你困。"

"防止我困,也得是跟我聊天才对啊!"舒桐看着辛晴:"丫头,你陪我说说话吧。"

"闺女,你跟我们桐桐怎么认识的?"舒母不顾儿子,继续笑眯眯地问林熙。

"我和舒桐哥认识好久了,差不多两年。对吧,舒桐哥?"

舒桐不语,舒母嗔怪道:"人家林熙跟你聊天呢!"

"阿姨，您跟我妈妈特像！"林熙转移话题，"我一见着您啊，就觉着特亲切！"

"是吗！"舒母脸上笑成一朵花儿。

辛晴悄悄做着深呼吸。这间屋子，她实在待不下去，可挂念着男友，却又舍不得离开。舒桐看出女友的痛苦，扭头问母亲："妈，咱来的时候东西没带够吧？要不，您去超市看看，把生活用品买齐呗！"

"哟！可不是！"舒母忙站起身，"那我现在去，顺便再给你买点水果回来。"

"阿姨，我陪您去！"林熙跟着起身，挽起舒母胳膊，"水果沉，我帮您拎着。"

"好闺女，真懂事！"

舒母带着林熙走出病房，不忘夸奖几句给屋里的人听。

见两人离开，原本一言不发的舒父终于开口："小晴，伯母的话，你千万别往心里去。"

"丫头，对不起啊。"舒桐依旧紧紧握着辛晴的手。

"我知道，伯父。"辛晴轻声说。

"要不，你先回家休息。这里有我和你伯母照顾，你尽管放心。"舒父出主意道，"我会好好劝劝她。"

"还有我帮忙照顾舒桐，放心吧。"高扬早看出了其中的端倪，替辛晴觉得不甘。

辛晴不舍地望着舒桐。

"我没事儿。听爸的，你先回家休息。"舒桐不愿看辛晴继续受折磨，心里却有了别的打算。

辛晴听舒桐的话，这才点头。

走出医院，感受着冬日清冷的阳光，辛晴强忍住眼泪，满心委屈：为什么离开的人是自己，而不是林熙？她不知道答案，只知道自己心甘情愿听舒桐的安排——他绝不会做任何让自己受伤的事。

傍晚，送走高扬和林熙，舒母回到病房，嘴里止不住地夸奖林家姑娘。

"你说够了没？"舒父终于按捺不住，"刚才一直有外人在，我都没好意思说你。孩子的事儿你能不能不插手？"

受到指责，舒母一下来了脾气，双手掐腰就要动怒。

舒桐夹在中间，忙缓和氛围："爸，妈，你们千万别吵！我头疼！"

舒母心疼儿子，收回怒气。

"你们快去吃晚饭，完了给我随便带点儿啥就行。"舒桐急着打发父母离开，"慢慢吃，别着急，越慢越好。"

舒母憋着一肚子气，跟在舒父身后走出病房。两人刚出门，舒桐便听到母亲训斥父亲的大嗓门。

顾不得无奈，他忙下床，穿上外套，悄悄走到门口，看着父母走进楼梯间，又看看四周暂时没有护士，这才朝电梯走去，下到地下停车场，开车直奔女友家。

夜色朦胧，舒桐鼻腔内隐隐作痛。可他什么都顾不得，满脑子尽是女友随时能掉下泪来的双眼。

接到舒桐来电，辛晴正上网浏览着读者们给自己的留言。每一次，看到有读者反馈在自己游记的帮助下体验了完美的旅程，她便满心洋溢着幸福与满足。可今天，再多称赞与夸奖，也无法让自己振作。心头正阴云密布，辛晴突然得知男友一路从医院开车而来，此时就在楼下。

中午刚做完手术晚上就跑出医院？打了全身麻醉连二十四小时都没过就敢开车？鼻子刚动了刀就暴露在空气污染严重的室外——辛晴千万种担心与责怪，在飞奔下楼看到舒桐的那一刻，通通化作夺眶而出的泪水。

舒桐一把搂过女友，傻呵呵地笑，鼻腔内纱条渗出一丝血迹。

"你怎么这么不爱惜自己！刚做完手术就往外跑！出事儿了怎么办？"辛晴哭着。

"只是一个普普通通的小手术而已，根本没什么。我家大宝贝最重要。我的丫头，不开心了，受委屈了。"舒桐紧紧抱着女友，温柔地抚着她的头发，"我妈本意并不坏，不管怎样，都是为我好。丫头别生气，等我回去好好批评她，让她以后不许乱说话。"

"这些事情你打电话就可以说，干吗非要跑来这里？多不安全你知道吗？"

"头天发生的事，绝不能让你委屈到第二天。我要亲眼看着你开心起来，才会放心啊！谢谢你体谅我。谢谢你这几天一直忍耐着，没有和我妈直接起冲突。丫头你放心，我一定会让我妈接受你。"

正说着，医院护士长突然打来电话，对着舒桐就是一顿臭骂，警告说如果他再不回去，她们立刻报警让警察来把他抓回医院。

舒桐一边将手机拿得离耳朵远远的,一边赔笑回应道自己只是回家取东西,现在马上回去。挂断手机,舒桐冲辛晴噘起嘴,一脸孩子气:"完了,再不回去,护士长姐姐就要让警察叔叔来抓我了。"

辛晴破涕为笑,坚持自己开车送舒桐回医院。

舒桐拒绝,一脸不容商量的坚定:"不行。你送我回去,还得自己再回家,大晚上的,我不放心。"

"那我帮你打车。反正无论如何你不能开车!"涉及交通安全,辛晴毫不退让。

舒桐乖乖点头。

二十三

舒桐术后在医院疗养的几日里,辛晴不知自己每天是如何顶着舒母锋利的目光,陪在男友病床前。她只知道,她愿意为了舒桐,承受一切不快。本以为舒桐父母离京后,自己心中压抑的大石头或许会暂时消失,可事实竟不如人愿。

看着二老走进车站,与他们挥手告别,辛晴紧紧握着舒桐的手,心中百般滋味却不知如何开口。

短短几天,发生了太多事情。

辛晴打小就坚信,自己的属相是鸟。

寄宿学校四四方方的天空,每天傍晚鸽群结队飞过,越过墙边树干斑驳的法国梧桐和自己闪烁着渴望的目光——这些,在辛晴的童年与青春中，留下了挥之不去的记忆，如老电影般。

"怪人！"学校几个男生总爱欺负这瘦小的姑娘。只因她没有朋友没有家，独来独往，性格孤僻，却成绩优异。

"读万卷书，行万里路。"——辛晴已记不清自己从何处看来的这句话。小小的心脏有了从未有过的强烈跳动。她以为，这两者成绝对的因果关系，只要读足够多的书，便能远远离开这里。于是，孤独的她，常抱着同样孤独的书，躲在院墙旁最不起眼的角落中，在梧桐树荫掩护下，一待便是一整天。偶尔抬头望一眼头顶扑簌簌飞过的鸟儿，羡慕着：若像他们一样有了翅膀，岂不是连路都不需要，只需要跟着风、迎着阳光，便可拥有自由？

那时，辛晴还不知自由的滋味，亦不知友情为何物。直到考进大学，遇见小萌。小萌对自己毫无偏见——仅此一条，便足以让辛晴把她当作朋友。

激动情绪过后，辛晴知道，自己无论如何都不会放弃和小萌的情谊。她欲找小萌和好，却怎么也联系不上。

迟天突然来了电话："小萌父亲进了ICU！"

他带着辛晴，一路直奔医院。

冰冷的白色世界。小萌呆坐在走廊长椅上，失魂落魄。

辛晴走过去，将手轻轻放在小萌肩上。她仰起头，黯淡无神的目光狠狠刺痛辛晴。

"我再也没有爸爸了。"

辛晴紧紧抱住小萌。

临近年尾，冬雨偶尔造访，冲淡了挣扎在空气中的欲望。街道上，处处是行色匆匆的身影，相互擦肩而过，空洞眼神里却只看得到冰冷孤寂。

工作室门前，雨滴狠狠砸着枯枝上残留的黄叶，在树干上留下一片斑驳。辛晴坐在桌前，数着从房檐不断滴落的雨水，发呆。面前电脑屏幕上，打开的文档依旧空空荡荡。

"午饭想吃什么？我去买！"高扬自告奋勇，打断了辛晴的思绪。

"才几点啊？"她依旧望着门外愣神。

"都中午啦！"舒桐走过来，轻轻拥着辛晴肩膀。

辛晴抬起头，望一眼钟表，有些恍惚。一上午——她发了四个小时的呆，却一个字也没写出来。

舒桐始终关注着女友，将一切都看进眼里。

"没关系，别着急，暂时不指派任务，你随便发挥就好，就像你写的那些游记一样。"

舒桐温柔的声音，却让辛晴心中升起一股莫名其妙的愤怒。她不知道自己在生谁的气，只是压制着怒火，一声不吭。

高扬用手机记下桐叶 er 们点的餐："这家店上餐一向很慢，大家都耐心点儿哦！"言罢，他顺手从门边水桶里抽出一把雨伞，走出工作室。

舒桐看一眼高扬桌子，抽屉并未上锁。他忙走过去，拿出高扬视若珍宝的笔记本。

舒桐静静翻阅着，眼中闪烁出惊喜的光芒。字里行间浓浓的江湖气息，一个又一个由成长串联起来的故事——高扬写的，是镜子里他自己的人生。

初识高扬，他正举着广告牌，站在火锅店门口，身上挂着小蜜蜂扩音器，面对一众围观路人，滔滔不绝讲故事。舒桐凑上前去，听到一旁姑娘悄声对同伴说："这家伙，不去说单口相声简直是浪费！"

舒桐来了兴趣，只是一会儿工夫便听得入了迷。这手舞足蹈、表情夸张、纵使手中无稿，说话也丝毫不打磕绊的小伙子，讲着新鲜有趣的段子，到最后却是在为火锅店做广告。围观路人一点儿也不反感，听到兴处还鼓掌吆喝。舒桐看一眼小伙子身上火锅店的工作服，有了主意。

待高扬表演完毕，众人散去，舒桐走上前。

"兄弟，刚才那些故事和段子，全是你原创？"

"我这张嘴，从来不说别人写的故事。"高扬脱下小蜜蜂，弯腰捡起脚边的玻璃罐头——超市里很常见的水果罐头瓶，现在被他用作水杯，泡着胖大海。

"您好，我叫高扬！"他边拧瓶盖，边饶有兴趣地望着舒桐。

这一望，竟望出一段情谊来。

舒桐刚有了开工作室的打算，正是招贤纳士的时候。他毫不犹豫地把高扬挖到自己身边。高扬痛快答应，一秒钟的犹豫都没有。加入工作室，第一篇软广在网络上被疯狂转发，高扬喜悦中更多的是震惊，从此，便死心塌地跟着舒桐。

舒桐明白高扬想要什么。

放下笔记本，合上抽屉，他回到办公室，拿出手机拨通了出版社编辑的电话。

傍晚，辛晴与舒桐打了招呼，直奔小萌家。陪伴——辛晴明白小萌此刻最需要什么。入夜，换好睡衣，走进小萌卧室，看着她紧闭起红肿的双眼，辛晴哽咽。

"想哭就别憋着，我陪你。"她爬上床。

小萌翻身紧紧抱住辛晴，号啕大哭。

施父去世后，小萌第一次撕心裂肺。

辛晴懂。母亲去世后第二周，自己坐在寄宿学校陌生的墙角，第一次痛哭流涕。这种隔了许久后的爆发，她懂。

"再也没有机会叫一声爸爸了……"

辛晴闻声，泪水夺眶。其实，自己一直都有机会。玻璃窗在寒风中瑟瑟发抖，拼了命守护着屋内的温暖。辛晴想到了自己的父亲。

一早，辛晴准备好早餐，看一眼熟睡中的母女俩，悄悄离开。

编辑打来电话，了解辛晴下一步的计划——网站决定单独为她开设专栏。

辛晴说："我没有计划了。"

她的确没了计划。居无定所的生活，被突然出现的舒桐改变了轨迹——她心甘情愿。只是，她不明白，在热恋的面纱下，自己为何渐渐开始有了一张抑郁的面孔。她突然觉得自己很是陌生，不认识这般纠结、无望、黯淡的辛晴，不认识这拍不出片子，写不出文字的辛晴。

可她依旧愿意为了舒桐，慢慢学会适应这样的自己。

她也愿意为了这个从不给自己言语上的承诺，却又无时无刻不用细节践行着承诺的男人，努力揭下内心深处的阴影，迈出她尝试的第一步。

冬至，北半球一年中白昼最短的日子。

桌上，两碗红豆糯米饭、一盘水饺、几叠小菜、两杯红酒。舒桐脱下围裙，和女友在餐桌旁相对而坐。他从不让辛晴下厨。他说，油烟对皮肤不好。

"丫头，冬至快乐！"舒桐举起酒杯。

"冬至快乐！"辛晴亦举杯，想起自己曾提到家乡有在冬至当天吃红豆糯米饭的习俗。只那一次，舒桐便记在了心里。

不知从何时开始，舒桐对自己越好，她却越心痛。

手机铃响，辛晴看一眼屏幕，即刻将手机设置为静音。

"谁啊？"舒桐很少见到辛晴故意不接电话。

"没事儿，网站编辑。"

舒桐抓住辛晴眼中的躲闪，终究没说什么。

他懂。

辛晴那澄澈的大眼睛，从来不会撒谎。舒桐明白，单是母亲对辛晴的态度，根本不足以让她如此低落。

酒足饭饱，两人依偎在软进心坎儿里的沙发上，呼吸中带着酒精挑逗的气息，各自捧起一本书，安静地阅读。桌上，依旧燃着白茶香薰蜡烛。

辛晴抬起头，看着柔和灯光下舒桐微笑的侧颜，不语。

他感受到了这炽热的目光，扭头，深深望进她眼中。

烛光闪闪。

辛晴闭上眼，轻轻将身体送入舒桐怀里。

"不早了，我送你回家。"舒桐一盆冷水浇灭了她如烛火般燃烧的欲望。

辛晴不解，不明白自己做错了什么，不明白一直在等待的舒桐为何到了这一刻，到了自己做好准备的时刻，却突然将她拒之千里之外。

舒桐用灭火钩轻轻熄灭蜡烛，沉默地站起身，为辛晴拿来外套，轻轻盖住她滚烫的身体，拥着她的肩膀，来到门前。

左手触到冰冷的门把手，舒桐却站在原地，迟迟未拧动。三秒钟，屋内出奇的安静，听不到时光流走的声音，只有两人剧烈的心跳和愈发加重的喘息。

舒桐突然松开左手，一把将辛晴推到墙上，狠狠吻住她的双唇。

辛晴闭上眼，任由他强劲的身体将自己紧紧包裹，心脏灼热地跳动。

压抑许久的情感瞬间爆发。她看到刺眼的阳光，看到四四方方的天空，看到漫山遍野的风信子摇曳起婀娜的身躯——那是只在梦中出现过的花儿，此刻却在眼前肆意绽放。

眼泪滑至嘴角。

偌大的双人床，两人紧紧相拥，贪恋着对方炽热的体温。

"就这样，一辈子。好不好。"

舒桐微微闭着眼睛，额头沁出细细汗珠。辛晴从未听过他这般温柔到骨子里的声音。她将头轻轻靠在舒桐胸前，手指在他锁骨上轻抚。

"你说过，愿意陪我一起流浪。"

"我愿意。"

辛晴不再说话。她听到了舒桐未说出口的言语。

圣诞节浓郁的氛围早已开始在大街小巷悄悄弥漫。辛晴依旧每天跟舒桐一起去工作室，却毫无灵感，写不出任何文字。

她忍无可忍，一拳捶在桌子上。舒桐走来，扶起辛晴。

"去休息室歇会儿吧。"他将她领至沙发前，看着她躺下，闭起双眼。

辛晴很快做起了梦。

她梦到Haworth小镇舒缓的山坡，梦到从19世纪的呼啸山庄吹来的风。那是自由，是野性，是桀骜不驯的灵魂与命运拼死抵抗。她曾在石头房子间漫步，去被墓地包围的教堂祈祷，去教堂边的古宅感受勃朗特姐妹浪漫与悲苦厮杀的人生。勃朗特小路留下了她的足迹，墓碑上细腻的青苔积淀着她的思绪。

辛晴从不否认，自己从踏上离家火车的那一刻起，便一直在逃。

逃，没什么不好。

逃离了过往，却从不曾逃脱生活。

一路上，她跌跌撞撞，习惯了自由，感受着世界的呼吸，感受着自己最真实的心跳。她挣开枷锁，抛开恐惧，用心聆听沿途每一个故事，享受每一次狂风暴雨的洗礼。

灵性。

她获得的，远比失去的多。

舒桐始终陪在身边，看着辛晴紧皱的眉头在梦中渐渐舒缓。

午夜，舒桐独自开车绕在四环上。车外寒风刺骨，车内温暖如春。电台主播温柔的声音回荡在耳畔，舒桐满脑子却是辛晴惆怅的面容。工作室里，他不止一次看到她坐在电脑前，对着门外发呆。他知道，她为了他，一遍遍拒绝着邀请。他知道，她的梦想在远方。

她的梦里，一定也是远方。

感情一向来得无凭无据，缘分总是那么不可捉摸。真的爱了，才知道，自己从两人的默契中得到的满足，总敌不过对方幸福的笑容。他愿意牺牲自己的满足，换回她在自由中发自内心的笑。

舒桐突然有勇气承认，自己把一只本属于蓝天的鸟儿困在了笼子里——这是他早已明白的事实，却始终不敢，也不愿面对。毕竟，她是他想携手度过余生每一分每一秒的人。

命中注定的缘分里，我们别无选择。

可人生中，出场顺序真的很重要。

如果在七年前,自己会不会做出决定,和她浪迹天涯一辈子?

他会。

那时,父母尚未退休、身体康健,他还没有工作室,没有事业,也没有身边一众依靠自己的桐叶 er 们,有的是大把的时间和不畏未知的心。那时,他的眼睛,也和辛晴一样澄澈。如今,他想走,却放不下太多牵挂。

或许,几年后,辛晴也会变得和自己一样。到了那时,她若愿意从远方重回自己身边,他会敞开怀抱,对她说:"丫头,欢迎回家。"

舒桐愿意等。

可是,他不想看到这一天真的到来。他不希望辛晴改变。

如若她始终在路上,他仍愿意等。

他知道,她从未忘记过远方,他也知道,她为了自己正在努力学着改变。可改变后的她,会快乐吗?

他不希望她改变。

舒桐决定,做最后的努力。

二十四

坝上隆冬。

舒桐专心把着方向盘,辛晴懒懒窝在副驾上,时而望向窗外飞逝的雪野,时而低头随意在笔记本中记下凌乱思绪。偶尔想起什么,便与舒桐闲聊几句。

往往在这时——在车窗外的风景飞一般地与时间融为一体、最终幻化成记忆里一团模糊光影的时候——灵感便从缥缈无迹的空白,摇身变为笔记本上密密麻麻的文字。

阳光明媚,踩着亮如白光的雪,直直反弹进车内,与本就温暖的空气扭作一团。车载音响中,循环播放着Sophie Zelmani的《Going Home》。

"听到咱俩要在冰天雪地的时候来坝上,高扬他们都说咱们脑子坏掉了。倒不是不知道这里冬天别有一番滋味,只不过,他们觉得草原的雪似乎不值得大费周折冒着严寒去看一眼。"

"那是他们不懂自然。"辛晴笑笑,"不来点儿辛劳,人怎会珍惜美景——大自然懂得多着呢。"

"会因为一些不好的事情,对一座城市产生偏见吗?"

"不会。"辛晴明白舒桐想说什么,"偏见可是这世上最可怕的东西。后来又去过一次重庆,带着崭新的自己、崭新的心境,看了全然不一样的风景。只是不会故地重游罢了。"

车在路边减速,拐进一旁崎岖小道中。

"我们要去哪儿?"

"给你一个惊喜。"舒桐神秘一笑。

车轮沿着曲曲折折的道路,爬坡而上。护航表显示的海拔数字不断攀升,窗外,景色骤变。

山下一片白茫茫的肃杀,映衬着零星散布山间的风车。天蓝得通透,银装素裹的平原渐渐消失在视线中。云雾缭绕,车子爬行愈发艰难。谁曾想过,站在广袤草原上看到的远处体态舒缓的山坡,实则如此陡峭。

车在平台处停下。

辛晴推开车门，迫不及待地投入云雾的怀抱，大口呼吸冷冽空气，鼻头冻得通红。她兴奋地张开双臂，任云团将自己包裹，丝绸般滑过脸颊柔嫩的肌肤。

"这是什么地方？"辛晴扭头望向舒桐，目光中是如决堤洪水一般抑制不住的激动。

"不知名的地方。"舒桐始终微笑着，感受着女友那沸水一般随时能溢出的兴奋。

辛晴奔向车内，拿起相机，带着一颗剧烈跳动的心脏，记录自然——她已记不清上次摄影是在什么时候。可舒桐清楚。

"这里星空如何？"辛晴拍在兴头上，突然冒出问题来。

"嗯？"

"看过银河跨越富士山的延时摄影作品吗？"辛晴将相机从眼前拿开，仰头望向天空，"如果运气好，说不定能在这里拍出同样震撼人心的片子！浩瀚银河在加速的时空里飞跃草原，一定气势恢宏！只是，这里或多或少还有光污染，黑暗得不到充分彰显，银河的璀璨一定大打折扣……有人说，飞逝而过的银河与永恒的富士山形成一种矛盾之美。可是，银河是否飞逝，富士山是否永恒，答案都是由我们的视角而得来。我们站在地球上，和富士山相对静止，看到头顶随时空前行的银河，自然认为前者永恒，后者易逝；殊不知，银河中有多少和太阳一样的恒星！到底是谁更具相对的永恒？"

舒桐知道，辛晴在自言自语。他看到她眼中重新燃起的光芒，看到那光芒中闪烁的渴望与冲动。他明白她的灵感与幸福来自何处。他在她身上,看到了曾经的自己。因为这光芒,他也曾拥有。

"如果你渴望得到某样东西,你得让它自由,如果它回到你身边,它就是属于你的。如果它不会回来……"舒桐恍惚。

"你说什么?"

"没什么,突然想起《基度山伯爵》里的一句话。"舒桐缓过神儿来,从后备厢拿出羊绒毯,披在辛晴身上,丝毫不顾自己的双手已冻得麻木。

夜色凝重。

农家小院,篝火扭动着绚丽的火舌,暖出一片明亮天地。

火光中,舒桐静静坐着,看着辛晴用真诚温暖的笑容与院主一家三口打成一片。她帮粗犷大汉烤羊腿、陪九旬老太唠家常、给八岁娃娃讲故事——一面之交,今后可能再也不会相见的人,她却坦诚相待,掩不住骨子里透出的大方与洒脱。

或许是火光太晃眼,舒桐眼前渐渐模糊。

与院主一家道了晚安,回到房中,辛晴忙拿出笔记本,在桌前坐下。纤细的手指在键盘上飞舞,却也狠狠撞击着舒桐的心脏。

夜深人静。

辛晴在舒桐身边沉沉睡去。电脑屏幕微弱的光,在黑暗中勾勒出舒桐棱角分明的脸庞。浏览器收藏夹里满是辛晴一篇又一篇游记。每一篇,舒桐早已熟记。她曾走过哪些地方、遇到怎样的人们、经历了怎样的故事，他谙熟于心。

古城的阳光中，她独自坐在五花石铺就的路边，缅怀一位老人和一条土狗；车水马龙的街道，她小心翼翼将鸭群赶出马路，直到看着它们摇摇摆摆远离而去；椰林里，她悄悄躲在远处，看着光屁股的孩子教母亲把三脚架当拐杖使用；空无一人的海滩，她脱去上衣，冲向迎面扑来的海浪；绿意盎然的小镇，她和金发碧眼的姑娘在清甜空气中嬉戏；布鲁塞尔街头，她在流浪歌手伴唱下，旋转、舞蹈、欢笑，意外得来一笔收入，她买下卖花姑娘所有的花，送给孤儿院的孩子们；安宁小城，她顶着烈日跑了一家又一家商铺，只为帮逃学的姑娘卖石榴；教堂旁，她走过横七竖八、布满青苔的墓碑，感受着从荒野吹来的野性的风；一望无垠的雪海，她步履蹒跚，却酣畅淋漓……

这世上最大的冒险，就是爱一个人。

"我今生最大的冒险，是爱上一个自由的灵魂。"

二十五

离京城愈来愈近。坝上草原的一切，早已被抛在车轮扬起的尘雪中。结束短暂旅途，两人都有些疲惫。

舒桐不再犹豫，怀揣沉甸甸的心事，终于开口："你的灵感在路上。你要写的文字，要找的影像，都在路上。"

"我知道。"

"何不整装行李,重新上路?"

"因为你不在路上。"

舒桐盯着前方,不再言语。

音乐电台里响起打榜新歌,柔情款款。辛晴皱紧眉头——这首歌旋律刚起,她便听出了端倪。哼唱这歌的嗓音,并不为自己所熟悉。

"这歌词描写的女孩儿,跟你很像唉。"舒桐随口道。

"写的就是我。"辛晴心中生疑。

曲终,电台主播介绍着今日主打:"刚才我们听到的就是新生代歌手子轩的新歌:《晴天》。这是一首关于初恋、关于纯爱的歌曲。在子轩新专辑发布会上,他为歌迷们动情讲述了自己与初恋纯真的爱情故事。这是子轩自出道以来第一首情歌,也是他首次作词作曲……"

舒桐看着辛晴紧皱的眉头:"这是迟天写的,对吗?"

辛晴拿出手机,拨通迟天电话。

无人接听。

"小萌,你和迟天在一起吗?"

"在。"电话那边,一阵吵闹声。

小萌将迟天公寓的地址发了过来。

舒桐看一眼辛晴手机,拨动方向盘,换了路线。

"滚！"

两人赶到迟天家时，屋内传来一声怒吼。何娟和陌生男子拿着文件夹，匆匆走出，正撞上辛晴和舒桐。

地上一堆碎玻璃渣，小萌站在客厅，望着迟天，不知所措。

迟天怒火中烧，一把抄起窗前的吉他。

"小天！"

迟天闻声猛一转身，看到辛晴，泪水夺眶而出。他呆呆站在原地，流着泪看着辛晴朝自己走来。他一把抱住她，将头埋进她发中，孩子一般呜咽。

小萌扭过头去，心里百般不是滋味。

待迟天冷静下来，众人在沙发上坐定。

舒桐平静地看向迟天："决定了？"

"这是写给小晴的歌。"迟天答非所问，舒桐明白。辛晴和小萌都明白。

舒桐站起身，拿着手机走向阳台。

"对不起……"迟天突然转向辛晴，"将以这样的方式出现在公众面前……梦想本不是这样的。"

"最好看的风景，往往要经历一番长途跋涉才看得到。不要说对不起，你是在实现你的梦想，不是我的。"

"可你是我的灵感啊！你一直都是我的灵感啊！"

辛晴突然不知如何开口。

小萌强忍住泪水。

舒桐回到客厅，收起手机。

"联系好了，林律师一会儿就到。你可以信任他。"舒桐决定靠着自己的人脉帮迟天一把，"你一定要做好心理准备。毕竟现在你还没出道，可子轩因为这首歌，已经火了起来。事件一曝光，舆论指不定会倒向谁。大多数人，只愿意相信自己想要看到的'事实'，所以，人们怎么看待这件事，其实并不重要，重要的是这事对你今后事业的影响。"

"人们的看法当然重要！这是写给小晴的歌，我不能让它被冠上他人的名字流落世间！"

舒桐不再言语。

他明白自己为什么要帮迟天。他知道，辛晴希望迟天坚强、坚持，希望看到迟天的歌声被世界认可。他也清楚，辛晴心中还留有一个尚未解开的心结。他决定在自己放手前要先让丫头放心。

京郊酒庄。

辛明义靠在手工雕花的沙发上，手中摆弄着一只软木塞。

他从未料到，舒桐会主动来找自己。

久经商场，见过无数狡猾目光的他，却从舒桐眼中，看不出任何欺骗。

他到底是一位父亲。年轻时犯下了让女儿记恨自己一生的错。他贪婪、爱财，用自以为正确的方式弥补女儿，却将女儿从身边越推越远。交易、欺骗、计谋，他将生意人的精明用错了地方，买通女儿闺蜜,还想与女儿男友做交易,只为让女儿成为自己公司的接班人。

可他到底是一位父亲。

将女儿送入寄宿学校的苦衷,他从未对任何人说起。创业初期遭遇诈骗,债主雇了打手屡屡逼上家门,他不愿女儿受到伤害,将其送入封闭式寄宿学校。不止一次,他带着满身瘀伤,躲在学校围墙外,隔着锈迹斑斑的校门,望向远处角落里落寞的身影。他对着这身影发誓,一旦自己成功翻身,定会将她接回家中。那时,他并未预料到,若干年后,习惯了为钱而活的自己,会沦为信奉钱为万能之物的奴隶。他翻了身,妻子却不愿任何人介入这个家庭。他需要一个完整的家来维护自己作为企业家的良好形象,便听了妻子的话,继续将辛晴留在寄宿学校。他以为,靠着自己每年给学校赞助的巨额费用,便能让辛晴生活好一些,从而弥补自己的过错。实际上,这不过是买了自己的心安罢了。

如今,辛明义已经后悔。

他听了舒桐的话,上网,一篇篇阅读女儿的游记,了解着她过往生活中的点点滴滴。他从不知道,原来女儿如此受网友欢迎——或许,知名度和点击率,真的能为她换来足够的旅行经费。年轻人的世界,他不懂。可舒桐说得对,女儿只是在用他看不懂的方式,过着他不曾体会过的生活。幸福与否,他说了不算。

辛明义答应舒桐,不会告诉女儿两人在酒庄见面的事。

辛晴不明白父亲为什么突然转变了态度。她永远不会知道,舒桐为了能缓解他们父女之间的关系，熬过多少不眠之夜。

七月七日咖啡馆。

辛明义拿出一张银行卡，放在桌上："小晴，留着它吧。既然你不愿待在我身边，除了钱，我实在不知道还能拿什么来弥补你。"

辛晴告诉父亲自己不需要。

他却执意让女儿收下银行卡："我知道，你不缺钱。我看了你的网站，也给编辑打过电话。我现在明白了，你的自由是可以为你带来利益的。"

辛晴苦笑：父亲仍旧三句话不离"利益"二字。可她不愿过多解释什么。

辛明义继续道："尽管如此，爸爸还是希望你收下这张卡。万一以后遇到什么事，急需用钱，我这做爸爸的也能出上一份力。你就当是为了让我安心，好吗？"

"爸，"辛晴终于开口，"这个世界，伤害过我，也治愈了我。我走了很多路，见了很多人，听了很多故事。我自然知道钱很重要。但我更能体会，陪伴有时比钱更让人有安全感。"

"爸爸没有给你足够的陪伴，是爸爸的错。现在我想留你在身边陪你，可你又不愿意……"

辛晴摇头："我现在已经是成年人，不是小孩子。曾经发生的一切，造就了今天的我。不管这个我是什么样子，都已成型，就像一个已经完工的蜡塑工艺品，如果此时强行施加外力试图改变什么，最大的可能就是毁掉这件蜡塑。"

"可是，爸爸真的想弥补你，弥补你不完整的童年。收下这张卡吧，小晴。"

"孩子的世界，可以很脆弱，也可以很坚强。不管怎样，我的童年早就被留在回忆里，无法弥补，也无须弥补。"辛晴微笑，平静地望着父亲，"如果真的想拿这笔钱换来你的心安，把它用在需要它的孩子们身上吧。"

女儿语气平淡却坚定。

辛明义明白了。

走出咖啡馆，他拨通助理电话："小王，帮我咨询下相关部门，怎么援建希望小学。"

与父亲道别，辛晴径直来到超市，买了生活用品，又奔去洗衣店，取回舒桐的西服。她正慢慢努力学着用另一种方式生活，一种固定的、深入到每一个小细节的方式。

冬的气息依旧浓厚，春天似乎还在很远很远的地方停留。

那很远很远的地方，一定有着最动人的风景，不然为何连春都迟迟不愿离开？

寒风萧瑟，吹得林熙瑟瑟发抖。她衣着单薄，牺牲了温度，成就着风度。细高跟骄傲地踩着坚实的地面，声音回荡在空旷街道。

来到工作室前，林熙推门而入。

"舒桐哥！"她径直走向舒桐办公室，"晚上一起吃饭吧。我爸有个新项目，在找软广代理。"

"生意的事，在这儿说就好。"舒桐头也不抬。

"你明明知道，我找你，不只有生意。"

"林熙，我们不可能。"舒桐放下手中的笔。

"你打算和辛晴结婚吗？"林熙毫不退让。

舒桐心里一阵刺痛。林熙看出了他眼中的躲避。

"你们俩……感情出问题了？"她语气里满是欣喜与期待。

"没有。不管我和辛晴最终结果是什么，我心里只有她，再也容不下任何人。"

林熙听不懂："什么意思？"

"没什么。我先走了，小晴还在家等我。"舒桐看一眼手表，起身穿好外套，"如果谈生意，去找高扬就好。"

说罢，头也不回地离开，独留林熙尴尬站在原地。

从不觉得回家的路如此漫长。舒桐开了车窗，冷风打在脸上，痛在心里。

来到家门口，看到辛晴换下的雪地靴旁，还有一双陌生的男士皮鞋。房门半掩，屋内两人丝毫没有意识到舒桐已经归来。

"对不起，何编，以前的流浪，初衷只是为了逃离，为了不被抛弃。这些你是知道的。可如今，我遇到了不会抛弃自己的人。为了他，我情愿牺牲我早已习惯的自由。所以，您的邀请，我只能拒绝。"

"你可能还没意识到，你的旅行早已远远超出了旅行本身的意义。你知道有多少人在你游记的帮助下勇敢地迈出了第一步吗？你的自由,产生了巨大的价值。你忍心放弃吗?你具备一个职业旅行者所需要的全部素养,你有别人没有的精彩视角,你会带着我们的读者,从新颖的角度看世界,你的故事悄无声息地影响了许多人!一开始,我们对你并不看好。毕竟你一姑娘家,瘦瘦小小,我们担心你经不住长途跋涉。没想到,你对远方的向往,比任何人都强烈,你的勇气、你对未知的好奇、你什么都想尝试的欲望——这些都让我们惊喜。网站希望跟你续约,长期续约。"

辛晴低头不语。

说不想念远方是假。

"希望你好好考虑。"编辑站起身,"我是看着你在旅途中一步步走到现在。我不希望你放弃。因为我知道,这就是你的梦想。"

辛晴起身送编辑离开,出门一眼望见舒桐。

"什么时候回来的?"

"刚到没多久。"

送走编辑,两人走进屋内,一阵沉默。

舒桐系上围裙,径直走进厨房。辛晴跟上来。

"快回客厅歇着,这里油烟大。想吃什么?"

"你做什么我都爱吃。我陪你。"

舒桐执意将辛晴推出厨房,关上门。

屋里突然变得冷清。

辛晴没有离开,只是靠着厨房门边的墙壁,慢慢滑坐在地。过了许久,才传来菜刀与砧板碰撞的声音。

她已习惯了每天傍晚准时听到这声音,习惯了在白茶蜡烛清甜的香气中与舒桐依偎在软软的沙发上,习惯了听他叫自己"丫头",习惯了他对自己点点滴滴的关心与照顾。

真奇怪!他们相恋也才不足三个月。

舒桐一把抹去眼泪,机械地做着做饭时该做的事。他知道,辛晴就在门外;他知道,她不愿离开;他知道,她的灵感与幸福在何处;他知道,自己该做什么。

两盘水饺,几碟小菜,两杯红酒。

餐桌旁,两人相对而坐,一如过去每一个寻常的日子。

舒桐夹起饺子,喂进辛晴口中。

她大口嚼着,嚼出了眼泪。

"傻丫头,哭什么。"他抽出纸巾,温柔拭去她脸颊的泪水。

"你怎么不吃?"

"我喜欢看着你吃。"

"看着我的时候,在想什么?"

"想直线。"

"我长得像直线?"

"不是。平平稳稳一条直线,太单调。有起有伏,才是心跳。你的人生,注定不是一条直线。"

"心跳是规律的。人生可不会那么规律。"

"所以才叫人生啊！我曾经想过，让身体和灵魂都奔波在路上，直到找一个能让人把欲望降到最低的地方，定居下来。可是，我还有很多牵挂，很多责任，不得不放弃这个想法。但你不同。你自由洒脱，生而属于辽阔的天空。困在笼子里，你不快乐，我也会难过。你曾问过我，如果有一天，你又做起了流浪的梦，怎么办。记得我当时的答案吗？你怎么又哭了。"

"记得。我负责做梦，你负责给我做饭。"

"你负责做梦，我负责给你做饭。这是我对你唯一的承诺，是一辈子的承诺。如果有一天，你厌倦了流浪，请你——属于远方的你——一定要记得，这里，还有只属于你一人的阳光。"

"我在远方陪你。"

"我在这里等你。"

尾声

三年后。

京城。

演唱会现场,数万人荧光海中闪烁着无数"天"字应援灯牌。尖叫声、欢呼声、号啕大哭声——所有人都站起身来,发疯一般用仿佛下一秒就要破音的嗓子呼喊着迟天的名字。

所有人,除了小萌。

身旁几位小姑娘因为第一次近距离看到偶像,早已泣不成声。小萌安静地坐在座位上,看着舞台中央迟天伸手对粉丝们做了一个安静的手势。

尖叫声减弱,身边姑娘们还在啜泣。

迟天拿起吉他,坐在高脚椅上,调好话筒,轻声吟唱。

副歌处,所有人动情合唱。

所有人,除了小萌。

她依旧静静坐着,听迟天唱着写给辛晴的歌,一首又一首。

深夜,演唱会后台。

迟天换上休闲服,顾不得擦掉头上的汗水,迫不及待掏出手机,登陆自己在旅行网站的账号。账号里,只关注了一位名叫"晴"的旅人。

两小时前,她刚刚更新游记。

迟天满足地微笑。

如果时间真的是一种解药,那定是世上最昂贵的解药。

助理跑来催促,再晚就赶不上飞机了。迟天收起手机,跟着助理上了车。

"三年了,咱们每半年就要往那穷乡僻壤飞一次。如今影像资料已经很齐全,我看啊,这辛晴希望小学,以后可以不用再去了。"车上,经纪人抱怨,"等视频做出来,往各大媒体平台一放,你又得上热搜。等这个话题过去,可以考虑考虑其他事儿。"

"要去。"迟天盯着手机屏幕读游记,头也不抬,"孩子们还等我去教他们唱歌呢。"

经纪人撇嘴。

辛晴希望小学,教师宿舍。

舒桐批完学生作文,躺在床上,读着手机里刚更新不久的游记。胡子有好些天没有打理,真是名副其实的大叔。

高扬突然来了电话。

"啥时候回来?能赶上录制后天的访谈吗?"高扬大口啃着苹果。

"主角是你,我赶得上赶不上,都无所谓。"

"没有你,我高扬才不会有今天。你必须赶回来!节目组都提你名字了,说如果舒老师能来,最好!怎么样,大作家,与世隔绝了一个月,你还没在那穷地方待够啊?"

"明天的飞机。放心吧。"

高扬一声欢呼。

清晨,乡村一片安宁。干干净净的空气,清清爽爽的风。初夏的阳光透过窗玻璃,打在舒桐沉睡的脸上。

屋外一阵喧嚣。舒桐睁开眼。

三辆黑色商务车在教师宿舍楼前停住。陆陆续续下来扛着摄影器材的工作人员、助理、经纪人。当迟天从最后一辆车上走出,围观的孩子们叫着、笑着蜂拥而至,将迟天团团围住。

摄影师团队忙支上摊子录像。

舒桐穿好白色T恤,T恤上是两只手绘的野天鹅。他随意地将拖鞋套在脚上,走出门外。

"舒老师!迟天哥哥来啦!"孩子们兴高采烈地冲舒桐嚷嚷。

舒桐微笑点头,走上前。

三年来,孩子们已经习惯了舒桐和迟天交替陪伴他们的日子。

午饭过后,舒桐站在商务车旁,身边是一个简单的行李箱。

"谢谢你,每次都让司机送我去机场。"

"这地儿你连车都打不着。"迟天笑道,"下次再见,就是半年后了。保重。"

"你也是。"

迟天用力拍拍舒桐肩膀："她可以温暖身边每个人，但能温暖她的，却只有你。不过，我不会放弃，因为她是我的灵感，一直都是。"

舒桐微笑，拎起行李上了车。

南太平洋。

快艇载着辛晴和七位船员，驶离瓦瓦乌群岛。海水碧蓝，风平浪静。辛晴站在甲板上，迎着咸咸的海风，同一位中年男子有说有笑，目光，是一如既往的澄澈。

这健壮汉子名叫 George，天生红发，皮肤经过多年风吹日晒，早已粗糙不堪。左眼眼角下方有一道深深的疤痕。他告诉辛晴，这是自己在小学时为了把同桌女孩儿从学校小霸王手中拯救出来，而留下的伤疤。那时，George 和女孩儿，都是常被欺辱的对象：因为发色，他被同学唤作"Ginger George"。因为瘦小，体育常不及格，女孩多次被小恶霸们捆在马桶上。George 看不惯女孩儿被欺负，冲进女厕将她救出，却挨了肇事者们一顿痛打。十五年后，女孩儿成为自己的妻子，George 成为一名水手。

"她叫 Jo。"George 撩起 T 恤，向辛晴展示自己腰部的文身——一个大写的字母 J。

辛晴看一眼他曲线分明、健硕结实的腹肌，开玩笑道："若是现在，怕是根本没有谁还敢欺负你了。"

他哈哈大笑，露出一口整齐洁白的牙齿："要不要看 Jo 的照片？"说罢，便伸手进牛仔裤口袋里。

辛晴刚要点头，只听一旁船员突然指着前方惊呼："沙滩！海中央有沙滩！"

辛晴寻声望去，远处果然有一片片棕色漂浮物，沉沉压在海面之上。几位有经验的船员猜测，这或许是过往船只清理过油箱之后留下的废弃油污。不久，快艇寻着原定方向驶入漂浮物之中，留下一道裂缝般的划痕，船上最年长者发话了："这不是油污，也不是沙滩，而是火山岩！"

海水不知在何时变成诡异的绿色，黯淡、压抑，如被时光摧残过的青铜一般。辛晴从未见过这样深沉的绿。漂浮物愈发黏稠，快艇正欲掉头，却发现引擎被卡。船员们忙清理滤水器，终于让发动机重新得以运转。快艇挣扎着驶离这偌大一片漂浮了火山岩的海域。

大海中央突然升腾起一股浓烟，天空瞬间被遮蔽，滚滚黑烟紧随其后喷涌而出。辛晴呆望着远方，心脏简直快要从嗓子眼儿里跳出来。她瞪大眼睛，清清楚楚地看到，烟雾中，一座岛屿生生冒出了海面！

这直径约两公里的岛，正冒着浓烟和蒸汽，不时向空中喷发出黏稠的岩浆和深灰色火山灰。她看到了火山口！这是一座火山岛！

她亲眼见证了一座火山岛的诞生！

心脏剧烈地跳动让她兴奋不已，她震撼、惊异、狂乱，和船员们一起指着岛屿大喊大叫！

泪水夺眶而出。

"傻丫头，哭什么。"

她突然听到自己最熟悉的声音，安静下来。空气污浊不堪，船体随着浪涛剧烈摇晃，所有人都一脸惊恐。她看到身旁几位船员仍在狂乱地手舞足蹈、不停尖叫；看到 George 手里握着照片，好像在冲照片里的人大声嚷嚷着什么；看到同行姑娘递来一块儿湿抹布，并示意自己捂住口鼻……

可整个世界鸦雀无声。

辛晴抬起头，恍惚地望向天空。